溺愛貴族の許嫁

キスがこんなに気持ちいい
ものだなんて知らなかった。

溺愛《できあい》貴《き》族《ぞく》の許嫁《いいなずけ》

妃川《ひめかわ》 螢《ほたる》
ILLUSTRATION：金《かね》ひかる

溺愛貴族の許嫁

LYNX ROMANCE

CONTENTS

溺愛貴族の許嫁

プロローグ

チェス盤を挟んでふたりの老人が睨《にら》み合っている。

かたやゲルマン民族の特徴を濃く有した、若かりしころはさぞやモテただろうと思われる金髪碧眼《へきがん》の老紳士。

かたや、粋とはこういう老人に対して使う言葉なのだと見る者すべてが納得せざるを得ないだろう、着物姿の日本人。両手を袖口《そでぐち》に入れて腕を組んでいる。

対局は終盤にさしかかっていた。

加齢によって多少くすんだ金髪の老紳士が、どうやら優勢のようだ。着物の老人が、渋い顔で唸《うな》っている。

かなり長い熟考ののち、着物姿の老人が、渋々といった様子で「参った」と負けを認めた。

「まったく諦めの悪い」

「うるさい。今日は調子が悪かったのだ。将棋なら負けはせん」

「チェスで、と言い出したのはそちらだぞ」

「わかっておるわ」

面白くなさそうに吐き捨てる。

「いい気分だ。今宵《こよい》はとっておきのワインを開けよう！」

紳士の勝利宣言に、着物姿の老人が、うぐぐっと唸る。

「よもや男に二言はあるまい？」

「当然だ」

ふたりはある賭《か》けをしていた。

他愛ない賭けだ。――当人たちにとっては。

「これで当家の将来は安泰！」

「まだ生まれてもおらん孫娘を、貴様の孫に嫁がせることになろうとは、一生の不覚」

「うちの孫では不服か？」

「出来がよすぎるから、また腹立たしいのだ！　まったくジジイに似んでよかったわ」

「失敬な、顔は私にそっくりだと言われている」

「息子も孫も、美人のご夫人に似てよかったと神に感謝することだ」

「その言葉、そっくりそのまま返してくれる」

仲のいい老人ふたり、しばし睨み合ったのち、「もうひと勝負！」とどちらからともなく提案する。

「今度は何を賭ける？」

「今度生まれる仔犬の所有権でどうだ？」

「それはいい」

ふたりの共通の趣味は、大型犬の飼育だった。趣味の域はとうに越えて、ともにブリーダーとして名を馳《は》せている。

「そのまえに――」

紳士が、紋章入りのレターパッドと羽根ペンを取り出し、一筆認《したた》める。

「念書を書いておこう」

「用心深いやつだ」

「口約束が通じる日本と違うのでね」

日本人のような義理人情は通じないと言う。

「日本人でも、もはや義理人情など忘れられて久しい」

嘆かわしいことだと着物姿の老人が、念書にサインを入れながらこぼす。

「民族が違っても、友情を育むことはできる」

「まったくだ」

ふたりは海を越えて、長年の友交を重ねてきた。今では家族ぐるみの付き合いだ。

「次こそ負けん」

「こてんぱんにしてくれる」

ふたりはこのあともチェスに興じ、いくつかの賭けを——半ば冗談でしかない賭けをして、何枚かの念書を交わした。

当人たちにとっては、これ以上ない遊びだった。

孫同士が結婚したら、家と家のつながりがもっと強くなる。それは老人たちにとって、非常に喜ばしいことだった。

問題だったのは、念書が法的拘束力を持つ、無駄に正しい形式で交わされていたことだ。

それがのちのち波紋を呼ぼうなどと、お茶目な老人たちは微塵《みじん》も考えていなかった。

まだ生まれてもいない孫の性別が、期待したものとは違っている可能性も、どうやらまったく考えていない様子だった。

鬱蒼《うっそう》と茂る森は、幼い少年の恐怖心を煽《あお》り、まるで悪夢のなかに迷い込んでしまったかのような印象を与えた。

広大な森は青い空の下では美しい緑に映ったのに、重暗い雨雲の下では、真っ黒な魔界の森にも見える。

その森で迷子になり、大きな木のムロに身を縮こませるしかない幼い少年は、膝《ひざ》を抱え溢《あふ》れる涙を懸命に拭う。恐怖に震える小さな身体《からだ》を抱えて、暗い空に轟《とどろ》く雷光に首を竦《すく》ませる。

両親とともにはじめて訪れたドイツ。その土地を長く治める領主の家柄だという元貴族の館《やかた》。その裏手に広がる広大な森は、高い透明度を誇る湖を有し、常緑の針葉樹林と秋には紅葉に色づく広葉樹林が美しいコントラストを見せる。

だが、方向感覚を失った幼い少年にとっては、ただただ恐ろしい空間にすぎない。空を覆う樹木の葉陰が黒い魔物となって、襲いかかってくるようにも思える。

「パパ……ママ……、たすけて……っ」

館の主人と少年の祖父はともに犬好きで、大きな犬をたくさん育てている。仔犬が生まれたと聞いて、大喜びで犬舎に会いにいった。

大型犬の仔犬は、幼い少年の両腕に余る、大きなぬいぐるみのようで、可愛《かわい》くて可愛くて、すぐに仲良しになった。幼い少年にとってはかっこうの遊び相手だった。

ようやく駆け回れるようになった仔犬たちを引き連れて散歩に出た。

まるで自然公園のように広い館の敷地は、野暮なドッグランなどつくらずとも、犬たちがいくらでも遊べるスペースがある。仔犬たちと芝生の上を転がってじゃれ合い、それに飽きると森に探険に出た。

「森の奥へ行ってはダメだよ」

面倒を見てくれる、この館に住むお兄ちゃんに注意されていた。でも今日は、お兄ちゃんは用事があってお出かけしていて、だから退屈で、仔犬たちと遊んでいたのだ。

はじめは、さほど深くない茂みや木陰で遊んでいるだけだった。だというのに、気づけば森の深くへ迷い込んでいて、しかもいつの間にか仔犬とも母犬とも逸《はぐ》れてしまった。

明るかった空は見る間に黒い雲に覆われ、ついには雨粒まで落ちはじめて、少年の足を完全に止めてしまったのだ。

雨によって下がった気温が、少年の華奢《きゃしゃ》な身体から熱を奪い、雨を避けて身を寄せた木のムロにあっても凍えるように寒い。

小さな手で自身を抱くようにしてかろうじて暖をとり、膝を抱えて涙にくれる。

どうしてこんなことになってしまったのか。

仔犬が一緒にいてくれたなら、これほどに心細くはなかったろうに。

活発な一匹が森に駆け込んだのを追いかけて、茂みでかくれんぼをしていただけだったのに。

来た道も帰る道もわからなくなってしまった。

真っ暗な森と空は、少年が暮らす日本の都会では見慣れないもので、一層不安と恐怖を煽られる。

もう二度と、大好きなパパともママとも会えないかもしれない。

逸れた仔犬は、自分のせいで凍えて死んでしまったかもしれない。まだあんなに小さくて可愛かったのに。

「ワンちゃん、どこ……」

ごめんなさいごめんなさいごめんなさい。

森の奥へ行ってはいけないと言われていたのに、自分が約束を破ったから、だからバチが当たったのだ。

このまま森の魔物に食われてしまうに違いない。ママが読んでくれた絵本に、そういうお話があった。

少年は絶望的な気持ちで、抱えた膝に顔を埋《うず》める。

どうしてか、眠くなってきた。

幼い少年にはわからなかったが、雨によってどんどん奪われる体温で低体温症を引き起こし、少年を危険な状態に追い込んでいたのだ。

もう一度、ママのオムライスが食べたかった。仲良しになったお兄ちゃんに、約束を破ってごめんなさいと伝えたかった。

今は青白く血の気をなくしたふっくらとした頬《ほお》を涙に濡《ぬ》らして、少年は意識を朦朧《もうろう》とさせる。

そのときだった。

遠くから、犬の吠《ほ》える声が聞こえた気がした。

「……！　佑季《ゆうき》……っ！」

犬たちの吠え声に混じって自分を呼ぶ声も聞こえるような気がする。

「おに……ちゃ……」

木のムロから這《は》い出ようとしたのは無意識の行動だった。

「佑季……！　佑季くん！　しっかり！」

必死の声の向こうで、犬が懸命に吠えている。

寒さに震えていた小さな身体が、ふいに温かいものに包まれた。ふわふわで、やわらかくて、記憶にある撫《な》で心地。

「ワン……ちゃ……」

クゥン……と鼻を鳴らす、大型犬の温《ぬく》もり。

「もう大丈夫だ、よくがんばったね」

ぎゅっと抱きしめてくれる腕は誰のものだったのか。

犬の温もりのほうが鮮明で、幼い少年の記憶は曖昧《あいまい》なまま深層意識に刻まれ、やがてそれは、恐怖心とともに心の奥底へと追いやられてしまうことになる。

それは、幼い少年の生存本能のなせる技だった。

深いトラウマとして、幼い心に傷を残さないように、記憶ごと深層意識の扉の向こうに押し込めてしまったのだ。

だから、温かな記憶だけが残った。

凍えた幼い身体を温めてくれた大型犬の温もり。それがただひとつのリアル。

もっと大切なものがあったはずなのに、その事実さえ、断片的な記憶の向こうに追いやられて、恐怖の記憶を残さない代わりに、もっともっと温かな記憶も、ともに失われてしまった。

書斎の引き出しの奥に見つけた一枚の古ぼけた念書がきっかけだった。ドイツ語と、日本語でつづられた、正式な書類というには文字が躍っているそれ。

趣味人だった祖父の遊び心だということはすぐにわかった。わかったけれど、なぜか気持ちがくすぐられた。もう長くビジネス以外では湧《わ》き立つことのなかった心が。

航空券を送ったのは、ほんの気まぐれ。

小さな手ですがりついてきた可愛いあの子は、どんな素敵な青年に育ったことだろう。そんなことを思ったら、どうしても会いたくなったのだ。

主人の様子がいつもと違うことに気づいたのだろう、足元に寝そべっていた愛犬が、怪訝《けげん》そうな顔を上げて鼻を鳴らす。

プレジデントチェアに背を沈ませて、金髪碧眼の紳士は、天井まである窓から館の裏手に広がる広大な森の緑に視線を投げた。

1

直行便で羽田《はねだ》空港からおよそ十二時間、ドイツの空の玄関口のひとつ、フランクフルト空港までの空の旅は、生まれてはじめてのファーストクラスの乗り心地を堪能するに充分な時間だった。

空港に着くと、黒塗りのリムジンが佑季を出迎えた。

白手袋をした運転手に気後れする間もなく、滑《なめ》らかにリムジンは走り出して、一時間あまり。森を抜けた先に、古城が姿をあらわす。

「あの山の上に立つのが、リンザー家のお屋敷にございます」

ステアリングを握る運転手が、あそこが目的地だと教えてくれる。

「お屋敷、って……」

佑季の視界に映るのは、屋敷ではなく明らかに城だった。城下に広がる中世を思わせる古い街並みと相まって、まるで絵本の中に入り込んだかのような錯覚を覚える。

城の背景に広がる広大な森を目にして、佑季の心臓がドクリと跳ねた。奇妙な反応を見せる鼓動に首を傾《かし》げつつ、こんなすごい城への招待だとはつゆ知らず、のこのこやってきてしまったことへの動揺と緊張からのものだと理解する。

「すごい……」

徐々に城に近づいていく。小山の上に立つ城を回り込むような恰好《かっこう》で道がつくられていて、立派な門扉をくぐるまでに、城の外観を三方から眺めることができるようになっている。

ゆるい坂道を、リムジンがゆっくりと登っていく。

貴族制度が廃止される以前は、この地域を治める地方領主の家柄で伯爵位にあったのだとか、そうはいっても時代の流れに乗れず没落しかかった時代もあったこと、それを現当主に代替わりしたのを機に、代々受け継がれた資産を基に事業を拡大し、瞬《また》く間に世界的に注目される成功をおさめ、当主の才覚によって伯爵家の再興を成し遂げたことなど、坂道を進む間に、運転手が話してくれる。

「ご当主は、いまや欧州では知らぬ者のない実業家でらっしゃいます」

運転手が、実に楽しそうに語る。その口調からは、当主への敬愛と尊敬の念がうかがえた。そんなすごい家の先々代と祖父とが友だちだったなんて、にわかには信じがたい。佑季はため息をつきつつ、運転手の話を聞くのみだ。

そうこうしている間に、ようやく門に辿《たど》り着《つ》く。

見上げるほど大きな門扉は、フィクションの世界でしか見たことがない。あるいは夢の国と言われる遊園地のアトラクションの入り口か。

車が近づくと、鉄製の門扉が自動で開いた。

その向こうには、芝生の緑が広がる。そのなかを、まだずっと先までスロープがつづいている。

門扉をくぐってからも、徐行運転ではあるものの車は十分ほど走って、ようやく館の車寄せに辿り着いた。

遠目に荘厳《そうごん》な印象を受けた古城は、たぶん数百年の歴史を有しているだろう、歴史的建造物と思われるのに、往時を偲《しの》ばせるままに美しく維持されている。間近に見ると、その繊細な彫刻や装飾に圧倒される。

つい自分の手で車のドアを開けそうになって、先に降りた運転手がドアを開けてくれることに気づき、慌てて手を引っ込める。

降りるときに頭をぶつけないように手を添えて下車を促してくれる運転手に「ありがとうございます」と礼を言って車を降りる。

「ようこそ、おいでくださいました」

品のいいスーツ姿の老齢の紳士が出迎えた。その背後には、レトロなメイド服に身を包んだ女性が並ぶ。「長旅お疲れでございましょう」と微笑《ほほえ》みかけてくれる言葉はドイツ語ではなく英語だ。

「浅羽《あさば》佑季です。お世話になります」

出迎えにドイツ語で礼を言う。老紳士は「旦那さまがお待ちでございます」と、先に立って館の――城のなかへと案内してくれる。

絵葉書や写真に見る古城の内装そのままに、壁に一定間隔に並ぶ燭台《しょくだい》、そこかしこにさりげなく飾られた美術品、高い天井には宗教画が描かれている。

古城ホテルに泊まった経験はないけれど、きっとこの城のほうが優美に違いない。今現在個人の所有でなければ、とっくに観光地化されていたのではないか。

エントランスを入ってすぐに広がるホールはステンドグラス越しに注ぐ明るい光に溢れ、美しい曲線を描く両翼の階段の手摺《てすり》には凝った意匠が施されている。長い年月をかけて磨かれた木材が独特の艶《つや》を放っている。管理にどれほどの資金と労力がかかるのだろうかと、つい下世話なことを考えてしまうのは、あまりにも日常とかけ離れた光景だからだ。

長い廊下を進んで、もはや広大な城のどのあたりにいるのかもわからなくなったころ、前を行く老紳士が、ひときわ大きな扉の前で足を止めた。

「こちらでございます」

ドアの前に立った老紳士が、慣れた様子でノックをする。それに、「どうぞ」と返す声がドア越しに聞こえた。

重厚な音を立てて、重そうな扉が開かれる。

よく見ればその扉にも細かな細工が施されていて、この城が建築された当時からのものだろうと想像する。かつての城主は、どんな生活を送っていたのだろう。

「どうぞ」と促されて、恐る恐る室内へ。

鬼や蛇が出るわけではないとわかっていてもまごついてしまうのは、やはり場の雰囲気だ。まるで異空間へ迷い込んだかのような、御伽話《おとぎばなし》の世界に迷い込んだ夢を見ているかのような、この雰囲気が佑季の痩身《そうしん》を緊張させている。

「浅羽さまをお連れいたしました」

室内に招き入れられたのに、まず最初に目に鮮やかなグリーンの印象を受けたのは、天井まである大きなガラス窓の向こうに広がる景色が理由だった。

一面の深緑。針葉樹林の森が、まるで壁一面の絵画のように広がっている。

その大きなガラス窓を背に、広い執務デスクが置かれていた。プレジデントチェアに身を沈ませていた人物が腰を上げる。

長身のシルエット。

数度の瞬きで、佑季は焦点を合わせた。

「ようこそ、リンザーの館へ」

耳に心地《ここち》好い、甘く響く低音。自分より年上の男性であることを、それだけで佑季は察した。

ゆったりと歩み寄ってくる長いストライド、逆光で影になっていた容貌があらわになる。佑季は息を呑《の》んだ。

豪奢な金髪、海の青より深いサファイアの瞳。血筋の高貴さを感じさせる整った相貌は、まるで彫像のように完璧だ。

上品な光沢を放つスリーピーススーツは、一目で誂《あつら》えとわかる。その下に鍛えられた肉体がかくされていることは、隙のない着こなしからも明らかだった。貧相な体格では、スーツは似合わない。実体験として、佑季はそれを知っている。

「浅羽佑季です。このたびはお招きいただいて、ありがとうございます。図々《ずうずう》しく来ちゃいました」

送ってもらった航空券を遠慮なく使わせてもらったことを礼の言葉とともに報告する。「こちらこそ、招待を受けてもらえて嬉《うれ》しいよ」と、金髪碧眼の紳士が微笑んだ。とたん、宝石のような硬質さを思わせていた美貌が、甘さをにじませる。

「ウォルフガング・ユルク・フォン・リンザー、この館の当主だ」

ウォルフと呼んでくれ、と指の長い大きな手を差し出してくる。こんな綺麗《きれい》な手を、水仕事や消毒薬で荒れた手で握り返していいものか……と躊躇《ためら》ったが、応じないほうが失礼だと思い直し、出された手を握り返す。

するとその手をぐいっと引かれて、まったく油断していた佑季は、広いスーツの胸に倒れ込んでしまった。

だが、驚きに声を上げる間もなかった。佑季は言葉もなく目を瞠《みは》る。頬——とはいっても、限りなく唇に近い位置だったが——で鳴るリップ音。

弾《はじ》かれたように顔を上げれば、そこには口元に満足げな笑みを浮かべた美しい相貌がある。

その形のいい唇が、つづいてありえない言葉を口にする。

佑季は、ひたすらに啞然《あぜん》と目を見開くよりほかなかった。

「ようこそ、我がフィアンセ殿」

蕩《とろ》けるように甘い声が紡いだ、聞き慣れない単語。

「……は？」

頓狂に聞き返してしまっても、この場合は失礼にあたらないだろう。でなければおかしい。頓狂なことを言ったのは紳士のほうなのだから。

——フィアンセ？　って、なに？

自分の脳味噌《のうみそ》の、英語から日本語への翻訳機能が壊れたに違いないと思った。

フィアンセ、イコール、許嫁《いいなずけ》。ようやく正しい和訳に辿り着く。

「へ!?　えぇえっ!?」

初対面の紳士の胸に抱かれた恰好で目を白黒させる佑季とは対照的に、ウォルフと名乗ったこの館の当主は、至極満足げに口角を上げた。

浅羽佑季は、獣医だ。

いや、だった、と言うべきか。

獣医学部を卒業後、大手動物病院に就職し、忙しい日々を送っていた。それが、ひと月前までのこと。

大の愛犬家で大型犬のブリーダーでもあった祖父の影響もあって、佑季は自他ともに認める動物好きだ。物心ついたときから生き物に囲まれて育ち、獣医を目指したのは小学生のころ。実家に出入りするかかりつけの獣医の仕事ぶりを見て、純粋に憧れた。

祖父が大事にしている犬たちも、実家の縁側を闊歩《かっぽ》する猫たちも、いつかは自分が診《み》るのだと言って勉強に勤《いそ》しみ、獣医学部に合格、国家試験もストレートで突破した。

個人経営の動物病院がほとんどの日本にあって、大学病院ではなくあえて大規模な民間の動物病院に就職したのは、とにもかくにも臨床経験を積むためだった。

大学病院にかかる患者より、市井《しせい》の民間病院に駆け込む患者のほうが多いのはあたりまえだし、近所の動物病院をかかりつけにする患者たちの症例こそが、まずは経験すべきものと考えたためだ。

個人経営の小さな病院で手に負えない症状であれば、紹介状を持って大学病院にかかる、というのが一般的で、医療機器の揃《そろ》った大学病院でしか経験できない臨床の現場はもちろんあるが、それらは決して大多数ではない。

佑季は研究論文を書いて学者になりたいわけではなく、ただ動物たちの命を救いたくて、苦しみを和らげてあげたくて、獣医を目指した。そんな佑季にとっては、大学病院で学べることより、民間の動物病院での臨床経験のほうが有益に思えたのだ。

だが、それすらも理想でしかないことを、就職していくらも経《た》たないうちに、佑季は思い知らされた。

好きなことを仕事にしてはいけない、と論じる人がいる。好きだからこそ、妥協できず、間違ったことを看過できず、価値観の相違に苦しむことになる。だから、好きなことは趣味にとどめておくのがいい、とする意見だ。

まさしく佑季は、それを実感することになった。

動物医療の現場は、ただ好きな気持ちだけでつづけられるほど甘いものではなかった。

病院の玄関前にはたびたび捨て猫や捨て犬が放置される。病気になったペットを安楽死させてくれと連れてくる飼い主もいる。ペット購入に何十万円もつぎ込んでおきながら治療費を踏み倒そうとする飼い主がいる。月が満ちるのを待たず帝王切開で仔犬を取り出してくれと母犬を連れ込むブリーダーがいる。

挙げはじめればキリがない。

就職してはじめてそうした現場の状況を知ったのだとしたらあまりにも勉強不足ではないか、という指摘ももっともだ。あるいは、それを乗り越えてこそ、本当に動物のために働ける獣医になれるのではないか、乗り越えられないのは結局、精神力が足りないのだ、という叱責も受けて当然だと思う。佑季だって、事前に調べなかったわけではない。好きだけではできない、という声は、先輩獣医たちからたびたび聞く意見だった。あるいは、少々の理不尽さに目を瞑《つぶ》っても、動物病院の経営が立ち行かなくなるよりはマシだ、という声も聞かれた。

それが大人の選択であり、社会のあり方というものであり、長いものに巻かれる処世術でもあると言ったのは、同期で就職した他大学の獣医学部卒の獣医だった。

就職直後の、臨床の現場の多忙さにただただ振り回されていた間はよかった。あれこれ考えずに済んだ。

だが、ようやく仕事に慣れはじめたころから、佑季は思い悩むようになった。

同期の彼のように割り切れない自分が子どもなのだろうか。割り切れないようではいずれ独立開業するなど不可能に違いないと、どうしても拭えないわだかまりを抱えて、それでも目の前で救いを求める患者を懸命に治療する日々。

だというのに、捨てられる命。日本の動物殺処分頭数は、世界でも類を見ないほど多い。店頭で物と同じように生き物が売られる国など、先進諸国のなかでは日本だけだとも言われている。

動物が大好きで、病気や怪我《けが》で苦しむ動物を救いたい一心で獣医を目指した佑季には、堪えがたい現実が横たわっていた。

乗り越えるべきだと思った。

乗り越えられないようでは、どのみち開業医として独立など不可能だ。

そう考えて、懸命に働いた。

けれど、本人がそうと自覚する以上に、心が疲弊していた。

無理だ、とある日ふいに、張っていた糸がプツリと切れたかのように、佑季は気力を喪失した。

集中力を欠く精神状態で、動物医療になど従事できないと、自分で見切りをつけた。恥を承知で、ドロップアウトした。それがひと月前のことだった。

あれほど熱く夢を語っていた獣医の職を放り出したことを、父は責めなかった。すでに鬼籍の祖父の仏壇にも報告したけれど、不思議と怒られている気はしなかった。

ただひたすらに情けなくて、父の愛猫たちを膝に、縁側でボーッと過ごす日がつづいた。

そんなとき、父が封蠟《ふうろう》つきの封筒を渡して言ったのだ。「気分転換をしてきたらどうだ」と。

亡き祖父の犬仲間だった友人の孫から、招待状が届いているという。

「ドイツ？」

「あれ以来、行ってなかったろう」

父の言葉に、佑季は首を傾げた。

「あれ以来って？」

息子の問いに、父は「おまえは小さくて覚えてないか」と、ずいぶんと古い記憶を思い出しているかのように目を細めながら、膝に乗る三毛猫を撫でる。

「おまえが五歳くらいのときに、お母さんと三人でドイツ旅行したんだよ」

「へぇ……」

亡き母との大切な思い出も、幼すぎてさすがに記憶は曖昧だ。

言われれば確かに、ずいぶんと幼いころに飛行機に乗ったような気はするが、それが父の言うドイツだったのか、あるいは違う年の別の国への旅行だったのかは判然としない。佑季の父母は旅好きで、佑季が幼いころから少なくても年に一度は海外に足を運んでいた。

父が可愛がる猫たちと、日がな一日縁側で日向《ひなた》ぼっこしているのは実に魅力的だが、このままでは本当に引きこもりになってしまうと、自分でも懸念を覚えはじめていたタイミングだった。

「おじいさんのブリーダー仲間だったんだ。今でもたくさん犬を飼ってるかもしれないよ」

父の言葉が、胸をくすぐった。

佑季は、大型犬がいっとう好きなのだ。ドイツといえば、真っ先に思い浮かぶ犬種がある。祖父も、ジャーマン・シェパードのブリーダーだった。

別の荷物か封書と一緒に送られてきたのか、封書には表書きしかなかった。優美なペン文字で佑季の名前のみがつづられている。

裏には紋章の押印された封蝋。

たった今まで抱えていた鬱々《うつうつ》とした気分など、いつの間にかどこかへ霧散していた。

一通の封書に導かれるままに、佑季は飛行機に飛び乗った。ファーストクラスのシートに座ったのははじめての経験だった。

ドイツは動物保護において、世界的に見ても進んだ国だ。

もしかしたら、佑季の抱えた問題解決の糸口を与えてもらえるかもしれない、という思いもあった。

結局自分は獣医を諦めきれていないのだな、と諦めとうらはらの希望を胸に、佑季は日本を発《た》ったのだ。

それがよもや、人生の岐路になろうとは。

閉塞感を打ち砕くヒントを得られるかも……と期待はしても、それ以上の事態が待ち受けているなんて、思いもよらないことだった。


亡き祖父の親友の孫という話だったが、もしかすると自分はこの場で回れ右をして帰国するべきだろうか。

趣味人だった祖父の冗談にもほどがある、と呆《あき》れるのも通り越して唖然とさせられた。

こんな分別のありそうな紳士が、よもやそんな与太話を本気になどしていないだろうと思う気持ち半分、一方で、そういえばドイツは性マイノリティに寛容な国だった……と、ネットニュースで見かけたこの場においては実に余計な情報をわざわざ記憶の奥底から掘り出す自分がいた。

許嫁という予期せぬ単語に頬を強張《こわば》らせ、そんな考えをよぎらせたのもつかの間、次の瞬間には佑季は現金にも「お世話になります」と頭を下げていた。

なぜかといえば、答えは簡単。

佑季の興味をそそるものといえば、動物以外にない。

ひとまずお茶でも……と、長旅の疲れを癒そうとしてくれた老執事のレーマンと女中頭のアマンダには申し訳ないことをしたが、佑季の興味は、温かな湯気を立てるルビー色の紅茶にも、アマンダ手製のアプフェルシュトゥルーデルにも向かなかった。

犬舎を見学できると聞いて、とたん掌《てのひら》を返したかのように目を輝かせ、すぐにでも！　と腰を上げたら、佑季の顕著すぎる反応にウォルフと名乗ったこの館の主人は、驚きに碧眼を瞠ったあと、小さく笑って頷《うなず》いてくれた。

そして今、佑季の感嘆の向く先は、館の敷地の一角に設けられた立派な犬舎――ようは犬小屋だが、日本人が想像する犬小屋の範疇《はんちゅう》を大きく逸脱している。

「わぁ……っ、すごい！」

人が住めるのではと思わされる広さと設備を兼ね備えた犬舎は、犬舎というよりもはや飼育施設と呼んでいいレベル。

佑季の亡き祖父とリンザー家の先々代とは、犬を通しての付き合いだったと聞いたが、これほどの規模とは思っていなかった。

「祖父が亡くなって、ブリーダーはやめてしまったんだが、今でも犬を飼っているよ。皆、大切な家族だ」

ウォルフの案内で、犬舎に足を踏み入れる。

そこは、清潔で明るくて、犬にとって最高に心地好い空間に整えられていた。

ウォルフに呼ばれて作業の手を止めたハンドラー《調教師》が進み出て、自己紹介につづいて、施設の説明をしてくれる。

全館冷暖房完備で、床暖房が導入されていること、犬たちに与えるフードはリンザー家が管理する牧場で生産される肉や農園で収穫されたオーガニックの農作物などを使ってつくられた無添加のもので、健康管理のために専門の栄養士兼シェフが雇われていること、などなど。

「今は、ジャーマン・シェパードが十頭、ホワイト・スイス・シェパードが一頭、ここで暮らしています」

ジャーマン・シェパードがその名のとおりドイツ原産の犬種であることはよく知られているが、真っ白な毛色のスイス・シェパードは、こちらも名が示すとおりスイス原産の、ジャーマン・シェパードの白色種だ。

日本でシェパードは警察犬、警備犬としてよく知られているが、近年警備犬としてスイス・シェパードは人気だと聞く。真っ白な毛色がジャーマン・シェパードのような威圧感を感じさせず、主に災害救助の現場において好まれる、というのがその理由だ。警備犬は災害救助犬でもある。

「ドイツには、犬の飼育環境を定めた法律があるんですよね」

佑季の問いかけにハンドラーは「よくご存知ですね」と頷いた。

「ええ、犬の種類や大きさによって犬小屋の広さが定められてますし、リードの長さもケージ内を自由に歩けるように決められています。ほかにも、長時間ひとりで留守番させてはいけないとか、一日に最低二回は散歩やドッグランに連れ出さなくてはいけないとか……細かく決められています。首都ベルリンは、世界一ペットが幸せな街と言われているんですよ」

自慢げな口調は、この国で動物に関わる仕事につく人なら、誰もが持つ優越感と自信からくるものに違いない。日本人の佑季には、到底持ち得ない感情だ。日本の動物医療、ペット事情は、問題が多すぎる。

ハンドラーに案内されてケージの並ぶ空間に足を踏み入れる。異分子の登場に飼育されている犬たちが一斉に吠えはじめたが、ハンドラーの号令で、ピタリと静まった。

「Sitz!《座れ》」

大きな犬たちが、皆一様にハンドラーに顔を向け、しゃんっとお座りをする。まったく同じ動きで、まるで熟練の兵士のような印象だ。

「すごい……」

佑季の呟《つぶや》きに「彼らは屋敷の警備員でもありますので」と、説明が加えられる。軍用犬と同等の訓練を受けた精鋭ばかりだという。

作業がしやすいように広く取られた通路の両側にケージが並ぶなか、犬たちの視線を受けながら奥へと進む。

すると、そのなかの一頭が、佑季を引き止めるかのように一歩前に出た。佑季も足を止める。

精悍《せいかん》な面立ちのジャーマン・シェパード。

佑季が手を伸ばすと、鼻先を寄せてくる。クゥンと鳴いて、尾を揺らした。

「この子……」

なぜだか惹《ひ》かれるものを感じて、佑季はケージの前に片膝をつく。

多くの動物たちと接していると、人間同士がそうであるように、波長の合う個体と出会うことがある。特別な一匹の存在は、ペットを飼ったことのある人なら誰しも経験があるのではないか。

そんな印象を受ける、何かしらの意志を感じる、つぶらな瞳。

佑季がケージの前から動けなくなっていると、ウォルフに促されて、ハンドラーがケージの扉を開けてくれた。

「Komm《来い》!」

ウォルフのコマンドで、犬がケージを出る。足元にしゃんとお座りをして、主人を見上げた。

「この子はエルマー号、ここで暮らす犬たちのリーダーだよ」

そう紹介したのはウォルフだった。

どうりで利発そうな顔をしている。当然ほかの犬たちも完璧に訓練されているのだろうが、そうした犬たちを束ねる能力を持った個体となれば、訓練の習熟度はもちろんのこと、生まれ持った資質も大きく影響するだろう。つまりは、リーダーの血統ということだ。

「僕は佑季、よろしくエルマー」

佑季が声をかけると、わふっと鳴いて応じる。手を伸ばしたら、自ら腕のなかに来てくれた。艶やかな毛並みを撫でると、鼻先を寄せてくる。ふさふさの尾を立てて、全身で喜びを表現してくれる。

訓練の行き届いた、普段ゆるんだ姿を見せない大型犬が甘える様子は、特別可愛らしいものに、佑季の目には映った。

「佑季は獣医だそうだね。よかったら滞在中、うちの犬たちの世話を手伝ってもらえないだろうか」

「え？　でも……」

「もちろん、診察や治療行為はできないだろうが、気になることがあれば伝えてほしい」

法律に触れない範囲で持てる知識を活《い》かしてほしいと言われて、しばしの逡巡《しゅんじゅん》ののち、佑季は頷いた。

獣医としてのあり方に疑問を感じて退職したけれど、獣医の仕事に絶望したわけではないし、仕事としてではなく動物と触れ合ったら、また違う思いが湧くかもしれない。

「ぜひ！　お手伝いさせてください！」

許嫁などと言われて、この人大丈夫か？　と失礼な印象を抱いて首を傾げたことなどすっかり記憶の彼方《かなた》、佑季は大きく頷いて、エルマーの毛並みを撫でた。

すると、佑季とウォルフの会話を聞いていたハンドラーが、頭上に巨大な疑問符を浮かべて、佑季的には思いもかけないことを言った。

「こんなにお若いのに獣医ですか？　日本には飛び級の制度があるんですか？」

海外に行くと日本人が若く見られるのはよくあることだが、スーツも白衣も着ていない、カジュアルな恰好の自分がいかに若く見られているか、佑季はようやく思い至った。

「あの、僕、成人してます……」

佑季の言葉に、ハンドラーが「え？」という顔をする。その横でウォルフが、口角を歪《ゆが》めて笑いをこらえている。

「ちなみに僕、何歳くらいに見えるんでしょうか？」

「え？　えっと……うちの娘と同じくらいかと……娘さん？

「きみのところのお嬢さんは今年ハイスクールを卒業だったかな？」

ウォルフの言葉に、よかった、ローティーンに見られてなくて……と安堵《あんど》したのもつかの間、「いえ、下の娘と同じくらいかと……」と言葉が足されて、佑季は頬をヒクつかせる。

下のお嬢さんはおいくつですか？　と尋ねる気力もなくして、「そうですか」と力なく返す。

ウォルフはというと、さすがにひどいと思ったのか、あるいは同意したくてもできないのか、肩を揺らして今にもこぼれそうな笑いを必死にこらえていた。

美貌の紳士の見せるそんな表情が意外で、ドキリとしてしまう。

それを誤魔化《ごまか》すかのように、大人しく撫でられているエルマーをぎゅっと抱きしめると、なぜだか懐かしいような匂いがした。

大型犬が好きだった祖父を思い出すからかもしれない。賢いエルマーはふさふさの尾を振って、愛らしく鼻を鳴らした。


エルマーともう一頭、ホワイト・スイス・シェパードのレオニーを伴って、屋敷に戻る。佑季が離れがたそうにするから特別にそうしてくれたのかと思ったが、そうではなかった。

先ほど案内されたのはウォルフの執務室だったようだが、犬舎から戻ったあとお茶の用意がされているからと通されたのは家人がくつろぐための広いリビングで、最初に目に飛び込んできたのはソファで悠々と寝そべる猫だった。

それも、一匹ではない。

ソファのクッションの上に一匹、リクライニングチェアに一匹、チェストの下に――。

「わ……っ」

思わず声を上げたのは、足首のあたりをふわりとしたものが撫でたから。驚いて足元に視線を落とすと、ふわふわの長毛種の猫が、佑季を見上げていた。

なぁうと鳴いて、品定め。だが、レオニーの鼻先に突つかれて、佑季から興味をなくしたのか、長い鼻先にじゃれついて遊びはじめる。

まさか動物のためにこんな豪華な部屋は用意しないだろう。これがいつもの状況なのだろうか。佑季が目を丸くしているのを見て、「彼らは出入り自由なんだ」とウォルフが教えてくれる。

広く古い城では昔からネズミ駆除の目的で猫が飼われ、警備のために犬が飼われていた。その名残《なごり》で、今も多くの猫が暮らし、犬たちのためにあんな立派な犬舎が用意されているらしい。

なるほど、犬も猫も、ペットではなく共同生活者なのだ。ただ愛玩《あいがん》されるためにこの城に暮らしているわけではなく、役目を持ってこの城を生活の場としている。

日本ではあまりない、人間と動物たちとの関係が、とても素敵なものに佑季の目には映った。

「昔は宮殿や美術館などで、ネズミ対策で猫が飼われているのはよくあったそうだよ。エルミタージュ美術館には今も多くの猫が暮らしていると聞く」

「へぇ……」

そういえば、テレビ番組で特集されているのを見た記憶がある。

レオニーに猫パンチをかましている一匹は、ほかより少し小さい。いたずらな仔猫を、寛容な大型犬があやしているようにも見える。

「仲良しなんですね」

犬の姿を見ただけで逃げ出す猫も多い。一方で、猫と見れば吠え掛かる犬もいる。

完璧に訓練された犬なら、むやみやたらと吠え掛かりはしないだろうが、犬はともかく猫を訓練するのは難しい。その猫が犬を怖がらないのは、この環境をあたりまえのものとして育っているからだろう。

「みんな、ここで生まれた子たちなのですか？」

「犬はそうだが、猫は代々住み着いている血統もいれば、どこからともなく迷い込んできて居着いた個体もいる」

ご覧のとおり出入りは自由だから、と語るウォルフの姿勢にも、好感を持った。どこかドライにも感じる動物たちとの距離感が、とても自然なものに感じられたのだ。

獣医として働いた短い期間にも、飼い主の主張や姿勢、動物への接し方など、どうにも違和感を拭えない場面は多かった。

多くは、人間のエゴからくる言動なのだが、自分はペットを愛していると自負する飼い主に、その言動の歪《いびつ》さを理解させるのは難しい。

洋服代やトリミング代など、やたらとペットに金銭を注ぎ込む飼い主。かけた金額が愛情の証《あかし》だと思い違いをしている。だったらよりナチュラルなフードに同じ金額を注いでくれたほうがよほど……と獣医の立場として思うのだが、表に見える部分にかけるほどには投資しようとしない。ペットを溺《でき》愛《あい》していると言いながら、結局のところ、自分を飾るアイテムのひとつだと思っている。

あるいは、我が子同然に可愛がりすぎるあまり、躾《しつけ》を怠り、周囲に迷惑をかけても「うちの子は悪くない」と平然と主張する飼い主もいる。犬を躾けるのは飼い主の義務だ。「うちの子ダメなんですよ」「バカ犬ぶりが可愛くて」などと、笑っていられる飼い主の気が知れないと、常々佑季は思っていた。

就職して間もないころ、飼い主を正しく導くのも獣医の役目のひとつではないか、と院長に進言したことがあった。だが院長の返答は、余計なことは言わなくていい、というものだった。

そもそも獣医の忠言に耳を傾けるような飼い主なら、言われずともちゃんと躾けているし、飼い主の義務を放棄して、恥ずかしげもなく笑っていたりはしない。ろくでもない飼い主に何を言っても無駄。臍《へそ》を曲げて病院を移られてしまうのがオチだ、と。ようは、むざむざ客を逃がす必要はない、というのだ。

落胆を覚えた。

その後も何度か似たようなやりとりを経て、ついに佑季は院長を信用できなくなった。獣医としても、人としても。

結局は院長も、動物を商品としてしか見ていない。

そう思ったら、何を言われても反発を覚えるようになってしまった。どんな教えを請う気にもなれなくなった。

佑季だって、動物のために何もかも投げ打て、とまで言わない。それこそ傲慢な意見でしかないと佑季もわかっている。

それでも、動物たちが人間の身勝手の犠牲にならないように、水際で手を差し伸べられるのは獣医だけではないのか。

そんなことを思ったら、もう……。

心から動物のためを考えて病院に救いを求めにきている飼い主が大半だとわかっていても、もはや精神的に這い上がれなかった。

そんな低迷した精神状態を引きずって渡独したはずだったのだが、気づけば学生のころと変わらない、純粋な気持ちで犬たちに接している自分がいた。

人と動物とのごく自然な距離感とこの場の空気感が、動物たちの行動にも影響を及ぼすのか、先ほどから仔猫に執拗《しつよう》にじゃれつかれながらも、レオニーは吠えることなく、まるで子を見守る親のように相手をしている。

ほかの猫たちも、犬相手に毛を逆だてるでもなく、のんびりとくつろいでいて、この光景が日常であることを教えてくれる。

ウォルフにソファを勧められて、クッションの上に寝そべるブラウンマッカレルタビーの長毛の大きな一匹に断って、クッションの隣に腰を下ろす。その足元で、エルマーが軀《からだ》を伏せた。

タイミングを見計らったかのように、部屋のドアがノックされ、執事のレーマンがワゴンを押す女中を従えてやってくる。

ワゴンには、ティーセットとドームカバーを被《かぶ》せられた丸皿。ローテーブルにティータイムのセッティングがされ、中央にドームカバーの取られた皿が置かれる。

「コーヒーと紅茶、どちらにいたしましょう？」と訊《き》かれて、ドイツに紅茶のイメージのなかった佑季はコーヒーを選んだ。

ドイツは世界でも上位のコーヒー消費国だが、北海《ほっかい》沿岸地域では紅茶が好んで飲まれるのだと、レーマンが説明してくれる。

「今日のお菓子にはコーヒーが合いますから、坊っちゃまの選択は正解ですわよ」

そう笑いながら大きな丸皿に盛られたシュヴァルツヴェルダー・キルシュトルテというチョコレートとチェリーのケーキをカットしてくれたのは女中頭のアマンダだった。年のころはレーマンより少し下だろうか、佑季の亡母と亡祖母のちょうど間くらいかもしれない。

取り分け皿に盛られた一切れの大きさにギョッとしたものの、いらないとも言えず、たっぷりの生クリームが添えられるのを唖然と見守る。

海外に行けば、大概のものが日本より大きいが、巨大なスイーツは見ているだけで胸焼けを起こしそうだ。

佑季は、甘いものは嫌いではないが、どちらかというと和菓子派で、生クリームより餡子《あんこ》が好きなタイプだ。洋菓子のこってりとした甘さは、あまり得意ではない。

果たして食べきれるかと戦々恐々としながら、手をつけないわけにもいかず、フォークを手にする。

一口サイズに切り分けたいかにも甘そうなケーキに生クリームを添えて、恐る恐る口に運んだ。

「……！」

あれ？　と首を傾げる。

――そんなに甘くない。

確認のためにもう一口。やっぱり、恐れていたほどの強烈な甘さが襲ってくることはなく、思いがけずすんなりと喉を通っていく。

「美味《おい》しい……！」

甘さ控えめだから、大ぶりなワンカットでも意外と食べられてしまうかもしれない。日本では添えられる生クリームは甘いと相場が決まっているが、このケーキに添えられたクリームは甘くなくて、ケーキをよりさっぱりとさせてくれる印象だ。

「ドイツのお菓子は、甘さ控えめのものが多いんですよ」

佑季が何に目を丸くしているか、気づいたらしいアマンダが教えてくれた。ドイツには、欧米によくある歯にしみるような強烈な甘さのスイーツは少ないという。

「アマンダお手製のケーキは、有名店の味にも負けない、我が家の自慢だ」

ウォルフが言うと、「そりゃあ、旦那さまのおやつをつくりつづけてきたのは私ですから」と、アマンダが自慢げに返した。

アマンダの言うとおり、コーヒーとの相性もよくて、大きなケーキをペロリと平らげてしまう。フォークを置いてはじめて空腹だったことに気づいた。

招待状とともに送られてきた航空券はファーストクラスのもので、エコノミークラスとは比べものにならない快適なフライトだったが、やはり空の上では味覚が鈍るのか、豪勢な機内食もそれほど美味しいとは思えなくて、半分ほど残していたのだ。有名店とのコラボメニューだったが、せっかくなら地上で普通に食べたいと思ってしまった。

「ディナーはシェフが腕をふるっていますから、楽しみにしていてくださいましね」

まるで小さな子どもに言い聞かせるような口調に気づいて、もしかして彼女も自分をそうとう子どもだと思っているのではないかという疑念が湧く。客のプロフィールは使用人たちに公開されていないのだろうか。

すると執事のレーマンが、「佑季さまは日本で獣医をしておられる、立派な成人男性でらっしゃいます。失礼な言い方は――」フォローを入れてくれようとした言葉は途中で遮られた。

「あら、失礼ね！　お可愛らしい坊っちゃまを、おもてなししようというだけじゃないの！」

「おまえの言い方が――」

「あなたにおまえ呼ばわりされるいわれはないわ！」

ふたりが突然喧嘩《けんか》をはじめて、佑季は慌てた。

「あ、あの……」

自分は気にしていないので……と、オロオロする佑季に、「放っておいてかまわないよ」と、ウォルフが苦笑する。

「ただの夫婦喧嘩だ」

あ、そういうことだったんだ……と、佑季が納得するまえに、ふたりの声がユニゾンで響いた。

「元、です！」

なんとも気の合うことだ……などと、素直な感想を口にしようものなら、痴話喧嘩に拍車がかかりそうで、佑季は口をつぐむ。

ウォルフが、やれやれ……といった様子で肩を竦めるのを見て、佑季もクスクスと笑った。

なんだか、温かい家族に迎えられたような気持ちで、当初あまりに現実離れした城や使用人の存在に緊張を覚えたことも、いつの間にか記憶の彼方に追いやられ、動物たちのおかげもあって、すっかりくつろいだ気分になっている。

ふいに、太腿《ふともも》にムニッとした感触を覚えて視線を落とす。

今さっきまでクッションに寝そべっていたラウンマッカレルタビーの大きな猫が、佑季の膝に乗っている。

佑季が長い睫毛《まつげ》を瞬かせると、「ダメか？」と問うように見上げたあと、完全に軀を伏せてしまった。ずっしりと、でも温かい。

この空間に存在することを、許されたような気がした。艶やかな毛並みを撫でると、やがてゴロゴロと喉を鳴らしはじめた。

ソファの上の状況が気になったのか、足元に伏せていたエルマーが軀を起こして、佑季の膝のあたりに顎《あご》を乗せてくる。猫に引っかかれないかと、ひやっとしたのは杞憂《きゆう》だった。

大きな猫は、エルマーの鼻先をペロリと舐《な》めて、それだけ。大きな猫と犬に膝を占領されて、温かいけれどちょっと重い。

ディナーまでの間、佑季は構えと寄ってくる猫たちと、ひとしきりじゃれて遊んで時間を過ごした。とくに、ほかより一回り小さい仔猫は元気で、エルマーとレオニーに手伝ってもらっても、体力の限界まで遊びに付き合わされた。

考えてみれば、獣医として働きはじめてからというもの、心から笑って純粋に動物たちと遊んだことなどあったろうか。

「もうダメ……ちょっと休ませて」

佑季がソファにぐったりと身体を投げ出せば、飛び乗ってきてフミフミ攻撃。ほかの猫たちも誘われたかのように集まってきて、ただでさえ一匹一匹大きいのに、ずっしりと重石《おもし》を乗せられた状況になってしまう。するとエルマーかレオニーが鼻先で猫たちにちょっかいをかけて、佑季を救い出してくれる。それの繰り返し。

そんな様子を、ウォルフは窓辺のチェアで古びた本を開きながら、飽きもせず眺めていた。細められた碧眼と、ときおり視線が絡んで、ドキリとさせられる瞬間がある。

だが、動物たちの熱烈な歓迎によって、許嫁云々《うんぬん》は冗談だったとすっかり受け流した気になっていた佑季は、その青い瞳の奥に揺らぐ光の意味するところを、美味しいディナーで満腹になった胃をさすりさすり、たっぷりと湯の張られたバスタブで長旅の疲れを流したあとになって、知ることになるのだ。

日が暮れると、天井まである大きな窓の向こうに広がる深い森は黒一色に塗りあげられて、昼間の瑞々しいグリーンの印象から一変、佑季は恐怖すら覚え、足元にいたエルマーをぎゅっと抱きしめた。

人間の心情を察することに長《た》けた賢い犬は、クゥンと鼻を鳴らして、佑季に体温を分け与えてくれる。

滞在中、佑季のために用意された部屋は、広大な森を臨める景観の、広いバルコニーのある一室だった。落ち着いた雰囲気のリビングに大きなベッドの置かれたベッドルーム、その奥にはウォークインクローゼット。一流ホテルのスイートルーム以上の広さと豪華さだ。絶景を眺めながら湯に浸《つ》かることのできるバスルームまで併設されている。

ゆったりとくつろげるようにとの心遣《こころづか》いに感謝したものの、陽が落ちたとたんに窓の外が真っ暗になって、やはりここは日本とは違うのだと痛感させられる。日本は世界一、夜でも明るい国だ。

荷物を片付け、ゆっくりと湯に浸かったら、することがなくなって、ついてきてくれたエルマーとボール遊びをするくらい。そうしたらまた窓の外が気になって、佑季は結局、ソファに縮こまるようにして、エルマーを抱いている。

どうして、暗い森がこんなに怖いのだろうかとエルマーの毛並みを撫でながら考える。

ソファの背の上では、リビングからついてきた、ブラウンマッカレルタビーの大きな猫が寝そべっている。猫が狭い場所を好むのは、古今東西かわらない。

たっぷりの湯で充分に温まったはずなのに、冷えてくる気がして、佑季はエルマーを撫でながら、温かいお茶を届けてもらおうかと考えた。ドイツではハーブティーも多く飲まれていると聞く。よく眠れるハーブがあるかもしれない。

部屋には、ホテルのように、内線と外線ともに使える電話が置かれている。それを取り上げようと腰を上げたタイミングで、部屋のドアがノックされた。

佑季が応じると、「まだ起きているかい？」と、ウォルフの声。

「時差で眠れないようなら、寝酒に付き合ってもらえないかな」

寝付けない自分を気遣って、声をかけにきてくれたらしい。ひとりで森の暗い色を見ているのが怖かったのもあって、佑季は二つ返事で頷いた。

ウォルフの自室に招かれる。

最初に通された執務室とも、午後を過ごしたリビングとも違って、落ち着いた雰囲気の華美さのない一室だった。佑季に与えられた部屋と同じくスイートルームのつくりで、リビングの奥にベッドルームとバスルームが置かれているようだ。

目立つのは、壁際に設置されたカウンターバー。奥の棚に、さまざまな形のアルコール瓶とグラスが並んでいる。たしかにここは、ウォルフがくつろぐための空間らしい。

佑季が自分の部屋を出ると、エルマーはもちろん、猫もついてきて、さも当然とウォルフの部屋のソファに飛び上がる。招かれた佑季が腰を下ろすのを待って、佑季の膝に寝そべった。エルマーは足元だ。

「疲れが出たかな。顔色がすぐれないようだが」

佑季のためにグラスを用意していたウォルフが、碧眼を眇《すが》めて言う。佑季は「いえ」と顔の前で手を振った。

「身体は平気なんですけど、窓から森の景色を見ていたら、なんだか怖くなってしまって」

へんですよね、と肩を竦める。

「日本じゃ、こんな風景を目にするのは、日常ないことなので」

田舎《いなか》暮らしを満喫しているか、あるいは登山や山歩きを趣味にでもしない限り、自然がつくりだす真の暗闇を体験することはほぼない。

ウォルフは、少し考えるそぶりを見せたあと、「そうか」と頷く。その反応が気になったものの、何をどう尋ねていいかわからず、佑季は口をつぐんだ。

「サミーはずいぶんと君を気に入ったようだ」

佑季の膝に寝そべる大きな猫のことだ。

「そうなんでしょうか。ベッドの代わりにされてるだけのようにも思えますけど」

「サミーはクールで、私の膝にも、来ることは少ないんだよ」

「そうなんですか?」

佑季の膝でぐるぐると喉を鳴らす猫の背を撫でると、ちらりと視線をよこされる。

忠義な愛情を寄せてくれる犬も、気まぐれな猫も、可憐にさえずる小鳥やさまざまなエキゾチックアニマルたちも、動物は皆、愛らしい。

仕事としてではなく接しているからだろうか、素直にそう思える。これまでは……獣医として働いていた間は、実家の父が飼っている猫たちを、これほど素直に可愛がれていただろうかと考えたら、なんだか情けなくなった。

サミーの背を撫でる手が止まる。

そのタイミングで、佑季のまえにドイツの有名ガラス食器メーカーのショットグラスが置かれた。注がれるのは、シュナップスという蒸留酒。

アルコール度数が四十度もある強い酒だが、ドイツでは消化を助けると信じられていて、食後に呑むのだという。ビールの合間に呑んで、胃を温めたりもするらしい。

グラスの横に置かれた小ぶりの瓶には、フルーツのラズベリーのイラストが描かれている。シュナップスはフルーツやハーブなど材料としていて、いろいろな種類があるのだ。

ディナーのときにもワインを勧められて、あまり呑めない佑季は、それでも断るのは失礼かと思い、一杯だけいただいた。とても喉越しがよくて美味しいワインは、リンザー家のワイナリーでつくられたいわゆるハウスワインだと聞いたが、まさか蒸留酒まで自家製ではあるまい？

そう思って瓶を手に取りラベルを読むと、たぶん生産者の記載と思われる箇所にRinserとあるのを見つけて、どうやらこれも自家製らしいと想像する。

そういえば、リンザー家がいったいどんな事業を行っているのか、聞いていなかった。もしかしてワイナリーか酒造メーカーを経営しているのだろうか。

初日にあまりあれこれ尋ねるのもお行儀が悪い。そのうち機会があれば聞いてみようと頭の片隅にメモをする。

「これ、とても強いお酒ですよね？」

さすがに呑めない気がする……と、断ろうとすると、とても呑みやすいから舐めるだけでも試してみるといいと勧められる。「ハーブティーより眠れるだろう」と言われて、それは一理あると思い、好奇心もあって手を伸ばした。

「……！　美味しい！」

一口含んで芳醇《ほうじゅん》な香りに目を瞠り、喉を通ったあとに焼けつく感覚がないことに驚く。たしかに強い酒だが、とても喉越しがよくてフルーティーだ。

とたん、お腹が温かくなって、これならよく眠れるような気がする。

残りをちまちまと舐める佑季の傍《かたわ》らに、ロックグラスを手にしたウォルフが腰を下ろす。サミーが耳をピクリとさせたが、また佑季の膝の上で顔を伏せた。

「それはなんですか？」

ウォルフの手のなかの液体に興味を示すと、キルシュヴァッサーというチェリーブランデーだと教えられた。

こちらもかなり度数の高い酒だが、ウォルフは平然とストレートで呑んでいる。

原材料がさくらんぼと聞いて、先のラズベリーのシュナップスが予想外に美味しかったのもあり、佑季は俄然《がぜん》呑んでみたくなった。

顔に出ていたのだろう、ウォルフは「大丈夫かな」と小さく笑いながらも、こちらもショットグラスに注いでくれる。もっと甘いものを想像していたが意外とスッキリした味わいだった。

「甘い酒ではないから、カクテルにしてあげよう」

そう言って、カウンターバーへ。

シェイカーと氷と、佑季にはよくわからない数種類の小瓶を用意して、手際よく何かのカクテルをつくってくれる。シェイカーを振る姿もさまになって、ハンサムは何をしても似合うものだと感心してしまった。

昼間ビシリとスリーピーススーツを着こなしていた貴族出身の実業家が、真逆の少し危険な雰囲気をまとっているように見えて、それがとても魅惑的に思えたのだ。

ショットグラスと同じブランドのカクテルグラスに注がれたのは鮮やかなグリーンのカクテル。特徴的な色と爽やかな香りから、ミントが使われているのがわかる。グリーン・スターという、オレンジキュラソーを使ったカクテルだった。

本格的なカクテルなんて、呑む機会はほとんどない。

学生時代に一度背伸びしてバーに行ったことがあったが、落ち着いて呑める知識も肝臓も持ち合わせていなかったのもあって、それっきり。それ以外は居酒屋メニューにある出来合いのものしか飲んだことがない。

「本当はミントの葉を浮かべたいところだが」

あいにくハーブガーデンに出向かなければ用意できない、これからは鉢植えのミントを用意しておこうなどと、ウォルフが冗談めかして言う。

アルコールの影響もあって、すっかりくつろいだ気分の佑季は、「女性じゃないので、見た目にはこだわりません」と笑った。

「これも美味しい……！」

ミントの爽やかさも手伝って、いくらでも呑めてしまいそうだ。

「こんな楽しいお酒も久しぶりです」

明日のことを気にせず呑める贅沢《ぜいたく》を、成人してはじめて知った気がする。学生時代は学生なりに忙しかったし、獣医として働きはじめてからは言わずもがな。

「いつ急患の呼び出しがあるかと思ったら、なかなか酔えなくて……」

ついポロリと愚痴のような言葉がこぼれ落ちて、佑季は誤魔化すように微笑んだ。

「でももう、気にしなくていいんだ。……ってことに、いまさら気づきました」

おどけた調子で言って、肩を竦める。

「佑季？」

怪訝そうに名を呼ばれて、はたと我に返り、佑季は「ホントに美味しいです」と、グラスを呷《あお》った。

「無茶な呑み方は――」

「美味しい！」

完全にアルコールが回った状態で、「おかわりしたいです」と、傍のウォルフを見上げる。

「やめておきなさい」

寝酒の量を超えている、と諫《いさ》められて、佑季は「やだ」と子どものように返した。この時点で完全に酔っ払いなのだが、当人に自覚はない。ウォルフはというと、「まいったな」と苦笑しつつ、グラスを押し付けてねだる佑季の手をとって、グラスの代わりにサミーを抱いているようにと言い聞かせる。

子どもにクマのぬいぐるみを与えるのと同じ理屈だ。

だが、佑季にぎゅむっと抱きしめられたサミーは、苦しかったのか「うにゃん！」と不服げにひと鳴きして、佑季の腕を飛び出してしまった。

「あ！　サミー!?」

逃げおおせたサミーは、ソファの下に。佑季の足元に寝そべるエルマーを盾にするかのように、奥に潜ってしまった。

手持ち無沙汰になった佑季は、大きなクッションを抱きかかえ、空になったグラスを恨めしげに見やる。

「じゃあ、あと一杯だけだ」

苦笑気味に折れたウォルフが、今度はカフェ・シュナップスをつくってくれるという。

コーヒーにシュナップスを加えたもので、ドイツではよく呑まれているらしい。夜遅い時間であることを気遣って、ノンカフェインコーヒーをわざわざ淹《い》れてくれた。

「温かいものを飲んだら、今度こそベッドに行くんだ」

甘みを加えたシュナップスの香りのするコーヒーは、スイスのカフェ・ルッツやアイルランドのアイリッシュコーヒーと違い、生クリームなどが乗らないぶん、佑季には呑みやすく感じた。

「美味しいです」

明日になったら絶対に深く反省して自己嫌悪に陥るのは目に見えているのに、今はただひたすらに楽しくて、お酒は美味しくて、ウォルフの優雅な接待にもちょっとドキドキしたりして、この時間を終わらせたくない。

その一心で、佑季はウォルフに、「もう一杯」とねだる。

ウォルフは気分を害した様子もなく、佑季に微笑ましげな視線を向けるのみ。

だが、さすがに限界だと感じたのか、とうとうウォルフの肩にもたれかかって瞼《まぶた》をしょぼしょぼさせはじめた佑季の身体を、腰を支えるように引き上げた。

「部屋に送ろう」

だが佑季は、睡魔に抗《あらが》いながら、「いやだ」と駄々《だだ》を捏《こ》ねる。

広い部屋でひとりになるのが怖かった。なにより、ウォルフと一緒にいるのが楽しい。

「まだ帰りたくない」

もっと、こうしていたい。

しょうがないと思ったのか、ウォルフは有無を言わさず痩身を横抱きに抱き上げた。びっくりして、瞬間的に睡魔が飛ぶ。慌ててウォルフの首にすがったら、なんだかいい香りがして、今夜自分も同じ香りのするアメニティを使ったことに思い至った。

ぎゅっとしがみつく佑季を部屋に戻すのは諦めたのか、ウォルフが寝室に足を向ける。そして、広いベッドにそっと降ろされた。

「今夜はこの部屋を使うといい」

その口ぶりから、ウォルフが自分を置いて出て行こうとしていることを察して、佑季は反射的にウォルフのシャツを摑《つか》んだ。

「佑季？」

身体を横たえたら、また眠くなってきて、うまく言葉を紡げないままに、首を横に振る。小さな子どものような我儘《わがまま》を言っている自覚はあったが、どうしてもひとりになりたくなかった。

上から落とされる苦笑。

ふいに視界が陰って、気づけばウォルフの宝石のような碧眼が間近に迫る。甘い笑いを含んだ声が、本来は小さな子どもを諌めるものだろう、言葉を紡いだ。

「あんまり言うことを聞かない悪い子は、森の狼《おおかみ》に食べられてしまうぞ」

佑季の鼓膜に、その言葉はなぜか特別な意味を持って届いた。

「森……の、狼……？」

眠気にとらわれていた瞳が、別の感情に潤みはじめる。

佑季の変化を見取って、ウォルフがゆるり……と目を瞠った。声音ににじませていた笑いも消える。

「いやだ……一緒にいて……っ」

ウォルフにひしっとすがって懇願する。

森は怖い。

置いていかれるのは嫌だ。

「すまない。怖がらせるつもりはなかった」

詫《わ》びながら、宥《なだ》めるように背を撫でてくれる。

広い胸にぎゅっと抱きしめられると、まるで幼子のように安堵を覚えた。

大きな手に頬を撫でられて、心地好くて瞼が落ちる。

ベッドに仰臥《ぎょうが》した状態でウォルフにしがみつく佑季に体重をかけないように、ウォルフは肘をつく恰好で、佑季の表情を間近にうかがっている。

ウォルフの手に頬をすり寄せたのは無意識の行動だった。ただ心地好い場所を探す、動物の本能のようなものだ。

瞼を閉じていても、上からじっとうかがう視線を感じていた。

瞼越しに感じる薄明るいルームライトの明かりが、ふいに陰った。

唇に、何か温かいものが触れて、ゆっくりと瞼を上げる。先ほど以上に近い距離に、ウォルフの碧眼があった。

アルコールの酔いもあって、状況を整理するのに時間がかかる。

——……キス？

唇に触れた熱がウォルフのものだと理解して、とたん佑季は目を瞠った。

「……へ？　え？　あ……」

驚きに酔いが覚めたのか、逆に血流に乗ってより回ったのか、わからない状態で、碧眼の中心に映る自分の間抜け面《ヅラ》を見やる。

いい歳《とし》をして、淡く触れるだけのキスに何をワタワタしているのかと、頭の片隅でもうひとりの自分が冷静にツッコミを入れるのだが、しかし一度パニックに陥った思考を冷ますのは容易ではない。

迫る碧眼があまりにも美しすぎて、落ち着くものも落ち着かない。

泣きそうな顔で見上げたら、ウォルフが口元に苦笑を浮かべた。

「いけない子だね、そんな顔で誘って」

「誘……？　……え？」

そんなつもりは……と、言葉をまごつかせる口に、再び触れる熱。

「……っ、んっ」

啄《ついば》んで離れる、それを数度繰り返されて、佑季は抗う術《すべ》もないまま、目を白黒させた。

「ダ、ダメ……ですっ」

深く考えたわけではない。ただ自分は男でウォルフも男性で……だからダメだと思っただけのこと。

嫌ではなくとっさにダメだと拒む。佑季の理性や倫理観がどうあれ、深層意識下で嫌悪感のないことの表れだ。

「どうして?」

「どうして、って……だって……、……んんっ!」

口づけが深められて、佑季はのしかかる肩にぎゅっとすがる。

たかがキス……と頭の片隅で思いながらも、冗談もほどほどにとうまく受け流すことも、かといって応じることもできない。

なのに、佑季のパニクる様子がおかしいのか、ウォルフは楽しそうに、深く浅く口づけ、唇を啄ばみ、経験値の浅さを浮き彫りにするかに、佑季の肉体を煽り立ててくる。

「なん…で、こん……な」

ついさっきまで楽しくお酒を呑んでいたのに。ウォルフと過ごす時間が、離れがたいほど楽しかったのに。

「きみは私の許嫁だ。私にはきみに触れる資格があるだろう？」

さも当然と返されて、佑季はようやく、館に着いたときに聞かされた衝撃的な内容を思い出した。

祖父同士が、チェスの勝負に孫の婚約を賭けたという、冗談でしかない昔話。佑季は、父からそんな話を聞いていないし、生前の祖父からも聞いた記憶はない。……佑季が幼すぎて、覚えていないだけかもしれないけれど。

「は？　許嫁……って、……あれ、は……っ」

祖父の与太話を真に受けられても困る。

そもそも男同士だ。――ドイツで同性婚が正式に認められることになったと、つい最近ネットニュースで目にした記憶が脳裏をよぎったが、気づかなかったことにする。そもそもドイツは性マイノリティに寛容な国だ。たしか以前のベルリン市長も同性愛者だったはず……なんて、余計な情報まで手繰り寄せてしまって自爆した。

ドイツがどうあれ自分は日本人だ。これまで異性としか付き合ったことはないし、それだって数えるほどだし……と、これまた余計なことまで考えて、またも自爆。

頭のなかで、数々の言い訳や抵抗の言葉を連ねるのは簡単だった。だが、そのどれも口にできないのでは意味がない。それどころか、すっかり肌が熱を帯びていることに、それを指摘されてようやく気づく。

「や……うそ……」

瘦身をくねらせた拍子に、高ぶった場所がウォルフの太腿に触れたのだ。

口づけに煽られたのだと、理由ははっきりしていても、だからこそ恥ずかしい。

「意外とアルコールに耐性があるのかな？」

かなり酔っていたと思ったのに、キスだけでこんなになるなんて……と、ウォルフの低音が揶揄《やゆ》を紡いで、恥ずかしくて泣きそうだ。

「や……」

見ないで……と、ウォルフの身体の下から逃れようにも、軽く腕を押さえ込まれただけで、身動きが取れなくなる。

「恥ずかしいことじゃない。男の子なら、当然の反応だ」

男の子、という表現が、ますます羞恥を煽る。精通を迎えたばかりの思春期でもあるまいに、コントロールが利かないなんて。

「ど、どいて……くだ、さ……」

こうなったらもう、おとなしく寝てしまうか、あるいはトイレに駆け込むしか手段はない。

ウォルフの肩を押しやろうとするも、退《ど》いてくれない。

大きな瞳を羞恥に潤ませ、揶揄《からか》うにもほどがある……と睨み上げると、視線の先で碧眼が眇められた。

「言ったろう？　許嫁の私には、きみに触れる資格がある、と」

「へ？」

どういう意味？　と問うまえに、佑季はぎょっと目を見開いていた。

ウォルフの大きな手が、佑季の高ぶった場所を撫でたのだ。

「や、やめ……っ」

真っ赤になって逃げ惑う佑季の初心《うぶ》な反応が、手慣れた男の狩猟本能を煽ったのか、その場所をぎゅっと握られ、ひっと身が竦む。その隙を捉えてシーツに押さえ込まれ、すばやく下着をかいくぐった大きな手が佑季の欲望に直《じか》に触れた。

「あ……ぁっ」

嫌だともやめてとも言えないまま震える唇を、先以上に深く合わされる。舌を絡めとられ、強く吸われて、脳髄が痺《しび》れるような感覚に襲われる。未知の感覚に恐怖する以上に気持ちよくて、ウォルフの肩にすがる指から力が抜ける。

その間もウォルフの長い指が、淫《みだ》らな反応を見せる佑季の欲望に絡みつき、先端を抉《えぐ》り、根元のふくらみを揉《も》む。

他人の手から与えられる快楽は抗いがたい心地好さで、佑季は無自覚にも、もっととねだるように腰をすり寄せる。

「気持ちいい？」と訊かれて、素直にコクコクと頷いてしまう。「いい子だ」と額にキスされて、なんだか嬉しくて、快楽に素直に身を任せた。

自分とは違うやり方。あやすようにやさしいかと思えば、荒っぽく扱《しご》かれる。緩急をつけた指の動きに瞬く間に追い上げられた。

「ん……ぁっ、ダ……メ、でちゃ……」

もう出るから手を放して、と掠《かす》れた声で訴えても、嬲《なぶ》る手は放れない。

「そのまま、出していいよ」

低く甘い声が耳朶《じだ》をくすぐる。

その声に唆《そそのか》され、ひときわ強い刺激を与えられて、佑季はウォルフの手に吐き出してしまう。

「あ……ぁ……っ」

荒い呼吸に喘《あえ》ぐ薄い胸、艶めく吐息をこぼす唇を淡く食《は》まれる。

急速に身体が重くなっていく感覚。「佑季？」と気遣わしげにかけられる声にも、返せない。返そうと唇を戦慄《わなな》かせたものの、声になっていたかは定かではない。

呑み慣れない強いアルコールによる酔いと、久しぶりの放埓《ほうらつ》による脱力感と、さらに時差ボケとが

ないまぜになって、唐突な睡魔に引き込まれる。

「Gute Nacht. Meine Süße」

ドイツ語があまり堪能ではない佑季には、最初の「Gute Nacht.」が「おやすみ」の意味であることしかわからなかった。

「おや……すみ、……」

おやすみなさいと最後まで言えただろうか。

そんな呑気《のんき》なことを考えながら、睡魔に囚《とら》われる。

額と唇に淡く触れる熱の存在を、夢現《ゆめうつつ》にかろうじて記憶したのを最後に、眠りの淵《ふち》に落ちていく。

「Meine Süße《可愛い子》、か……」

己の口から意図せずこぼれ落ちた言葉に眉根を寄せる男の側の事情など、あっという間に深い眠りに引き込まれていた佑季に、当然のことながら察することはできなかった。

2

ザラザラとした何かが頬を撫でている。

——なに……？

深い眠りから急速に引き上げられる感覚。腹の上……いや、胸の上が重い。そして妙に暑苦しい。

なんだ？　と重い瞼を気力で押し上げる。

ぬっと、視界を塞《ふさ》ぐものがあった。

「……っ‼」

ぎょっとして固まる。「なぁう」と呑気な鳴き声。鼻先を、ざらりとしたものが舐める。——サミーの舌だ。

大きな猫が、佑季の上でご機嫌にゴロゴロと喉を鳴らしている。横から視線を感じて、首を巡らせると、ベッド脇に顎を乗せて、佑季が起きるのを待っていたらしいエルマーが、わふっとひと鳴きしてふさふさの尾を揺らす。

どうやら二匹で佑季を起こしにきてくれたらしい。

あれ？　と違和感を覚えてエルマーと反対側に視線を戻すと、天井まである高いガラス窓。その向こうに深い緑を宿す森。昨夜見た印象とはまるで違う、清々《すがすが》しい深緑が目に眩《まぶ》しい。

――……？

あれ？　と今一度疑問符を飛ばす。

自分は昨夜、自力でベッドに入っただろうか。

こんな重石が乗っていて、よく悪夢を見なかったなぁ……と眠りの深さに呆れながら、「ちょっといいかな」と、まったく退く気のなさそうなサミーをどうにか下ろして上体を起こす。

鼻を鳴らすエルマーを撫でて「おはよう」と声をかけ、部屋をぐるっと見やった。昨日、執事のレーマンに案内された部屋だ。滞在中は自由に使うように、と……。

「えぇっと……」

どうしてこんなに思考がぼやけているのだろう。

時差の関係もあってなんだか寝付けなくて、陽が落ちたらとたんに暗い表情を見せはじめた森を見ていたら怖くなって眠れそうにない……などと考えていると、ドアがノックされて……。

「……っ！」

唐突に、昨夜の記憶が蘇《よみがえ》る。

ウォルフに部屋に誘われて、美味しいお酒を呑ませてもらったら妙に楽しくなって、ずいぶんと馴《な》れ馴れしい口を利いた気がする。それから……。

ジワジワと蘇ってくる昨夜の記憶に、焦る以上に青くなって、佑季は「起きるの？　起きないの？」という顔で見上げてくるサミーを、クッション代わりにぎゅむっと抱きしめた。佑季の様子がおかしいことに気づいたのか、エルマーが鼻を鳴らして首を傾げる。

ガバッと上掛けを跳ね上げる。ちゃんとパジャマを着ていた。恐る恐る確認すると、下着はつけていない。

昨夜汚したからだと思い至る。

昨夜、ウォルフの手に触られて……。

自分でも、面白いほどに全身が朱に染まるのがわかった。ボボボッと、それこそ漫画の効果のように赤くなったに違いない。

『許嫁の自分にはきみに触れる資格がある』とウォルフは言った。佑季の記憶にあるのは、キスで高ぶってしまった性器に触れられたところまでだけれど、もしかしてそれ以上のことも？　意識を飛ばしたあとに、いったい何が!?

「どうしよう……」

呆然《ぼうぜん》と呟く。

そのあとで、「どうしよう!?」と、腕のなかのサミーに問いかけるも、答えは期待できない。

このままなし崩し的に、本当に許嫁にされてしまうのか？

——おじいちゃん、何考えてたの！

いや、何も考えていなかったに違いない。祖父はそういう人だった。

犬にしか興味のない人だった。事業をさっさと父に譲って楽隠居を決め込んでからは、世界中を飛び回ってドッグショーやブリーダーを訪ね歩き、家にいるときは犬にかまけきり。祖母はよくぞこんな祖父に長年ついてきたものだと、半ば呆れながらも、趣味人の祖父のことは好きだった。

対象が違うだけで、父も家にいるときは仕事のしの字もなく猫にかまけているから、そういう血筋なのかもしれない。自分には、常識人だった祖母と母の血のほうが濃く流れているはずだと信じている。

鬼籍の祖父に文句を垂れていても何も解決しない。

ひとまず自分は何をすべきなのか、考えて……考えて……考えがまとまらず、佑季にできたのは、置かれた状況から逃げ出すことだった。

ウォルフの顔を見るのが怖い。

なんだか踏み越えてはいけない一線を越えてしまう気がする。

せっかくよくしてもらって申し訳ないけれど、とにかく館を出て、ひとりになって、日本の父に連絡を取って状況を把握して、それから……。

いや、そういったあれこれも、道中で考えればいいことだ。

ベッドを飛び降り、身体のどこも痛くないことを確認して、必要最低限の荷物だけボディバッグに詰め込む。

パスポートと財布とスマホさえあれば、あとはなんとかなる。

どうせスーツケースのなかは、長期滞在用の衣類と、あとはお土産《みやげ》の日本製品が半面を埋めている。

ローテーブルに積み上げたお土産の品に「皆さんで分けてください」「ありがとうございました」とメモを添えておく。

軽装に着替えて、部屋を抜け出した。ついてきちゃダメだと言い聞かせても、エルマーとその後ろにサミーまでもがついてくる。

まずはこの広い敷地からどうやって公道に出るかが問題だ。少し考えて、館の裏手に回る。菜園の脇に、自転車が置かれていた。

「あとで返しますから」と、誰に言うでもなく手を合わせて詫び、拝借させていただく。

さすがにサミーはついてこなかった。

エルマーは、遊んでもらえると勘違いしたのか、嬉しそうに吠えながらついてくる。

「吠えないで！」

バレるから！　と言い聞かせたところで、通じるわけもない。犬も猫も、飼い主の感情に非常に聡《さと》い半面、ここぞという場面でわかってくれなかったりするものだ。

広い館の裏手にある、たぶん使用人用の通用口から公道に出る。館の敷地を出てはいけないと教えられているのか、エルマーは門の前で足を止めた。ぐるぐると回って何度も吠える。

あれではすぐに見つかってしまう。

できるだけ館を離れなくては。

空港からの道の途中に、この街の中央駅があったはず。そこまで行けば、なんとでもなる。

館の建つ小高い丘の坂道を走り抜けると、これがサイクリングならさぞ気持ちいいに違いないと思われる旧市街の街並みに入る。

下から館を見上げると、来たとき同様に、すごいお城だという気持ちが改めて湧く。あんなところに一晩でもお世話になったなんて、きっと二度ない経験だ。

途中で一度自転車を止めて、スマホの地図アプリで位置関係を確認する。駅までの道を調べて、この先は一本道だとわかった。

よし！　とペダルを漕《こ》ぎ出して、しばらく。

道の両側に並ぶ街路樹の下、ベンチも何もないところにうずくまる、人と犬の姿を見つけた。

散歩途中の様子なら、とくに気にせず通り過ぎたかもしれない。だがすぐに、そうではないと気づいた。

飼い主と思われる老婆が、白い杖《つえ》を持っていたからだ。白杖と呼ばれるこの杖の意味するところは世界共通だ。地面に横たわる犬に盲導犬を示すリードがつけられているから間違いない。

佑季は自転車を降り、英語が通じるだろうかと不安に思いながらも声をかけた。

「どうかなさいましたか？」

老婆は、ハッとした表情で顔を上げる。

「英語、わかりますか？　どうしようかな、えっと……」

スマホの翻訳アプリを立ち上げる間に、老婆から「大丈夫、わかるわ」と上品な応えがあった。

「若いころは英語の教師だったのよ」

返された言葉に、ひとまずホッとする。

とくに緊急時には、カタコトでは意思の疎通は難しい。

「どこかお悪いのですか？　怪我でも？」

「私ではないの。この子が、急に動かなくなってしまったの」

老婆の指すこの子というのは、盲導犬のことだ。

何か歩けない理由があるのか、あるいは体調が悪いのか、わからなくて様子を見ていたのだという。

「もう少ししたら、娘の仕事が終わるから、電話をしようかと思っていたところだったのよ」

老婆の言葉に頷いて、佑季は盲導犬に視線を向ける。様子がおかしいように感じた。

「僕は日本人の旅行客ですが、日本で獣医をしています。彼を診させてもらってもいいでしょうか?」

法に抵触しないように気をつけるが、どんな容体か、病院に運ぶべきなのかといった判断くらいは可能だ。

「まぁ、ありがとう、お願いできるかしら」

「この子の名前は?」

「グスタフよ、長年のパートナーなの」

盲導犬として日本でもよく知られるラブラドールレトリーバーのオス、ブラウンの毛並みの、ベテラン犬のようだ。

「はじめまして、グスタフ。僕は佑季、少し診せてもらうね」

触診で、多くのことがわかる。

内臓の病気なら、彼の盲導犬人生にも関わる大ごとだ。そんな事態はできれば避けたいと思いつつ全身をチェックする過程で、前脚をかばっていることに気づいた。よく見ると、肉球にガラス片が刺さっている。

原因はこれだ。大きな怪我でないとわかってホッとする一方で、早く治療してあげなくてはと気持ちを切り替える。

「この近くに動物病院はありますか？」

大型犬の場合、病院まで運ぶのがなかなか困難だ。ドイツのタクシーは乗せてくれるだろうか。グスタフの怪我の状態を告げると、老婆は「まぁ」と青い顔で眉尻を下げた。そしてパートナーを抱きしめる。

「タクシーを呼びましょう」

老婆がバッグから携帯電話を取り出そうとしていると、通りの向こうから車のクラクションが聞こえた。

あ……と、佑季は目を瞠った。

しまった！　と本来なら思う場面で、佑季は、ナイスタイミング！　と胸中でガッツポーズを決めていた。

見覚えのある車だった。

昨日、佑季を空港まで迎えにきてくれた車だ。

すぐ脇に停車した車の後部シートから降り立ったのは、厳しい顔のウォルフだった。

そのウォルフに、勝手をしてごめんなさいと告げるより前に、佑季は「動物病院！」と叫んでいた。

運転手を呼んで、「早くこの子乗せてください！」と指示を出す。

唖然とするウォルフと運転手に、「なにしてるんですか！　早く！」と急《せ》かす声は揺るぎなく、今が非常事態だと告げる。

グスタフを車に乗せ、老婆にはウォルフが手を差し伸べる。ウォルフが名乗ると、老婆は驚いた様子で「リンザーの若さま」とウォルフを呼んだ。

佑季にとって誤算だったのは、一番近い動物病院というのが、あろうことかリンザーの館だったこと。

ちょうど、かかりつけの獣医が出張に来ているタイミングだったのだ。

犬舎の横に置かれた施設には、大病院も顔負けの設備が整っている。常駐の獣医がいないだけで、今すぐにでも動物病院を開業できるほどの充分な設備だ。

老婆の手前もあってか、ウォルフはひとまず何も言わなかった。

ちょうど犬たちの健康診断にきていた獣医は、佑季を助手に、手早くグスタフの治療をしてくれた。

盲目の老婆では世話が難しいだろうからと、かかりつけ獣医に連絡を取って入院の手続きまでしてくれた。

老婆は包帯の巻かれたグスタフの肢《あし》をさすりながら、何度も何度も礼を言って、心配して迎えにきた娘の車で帰っていった。

「自慢のお菓子を焼くわ、遊びにきてね」と、佑季の手を握って、涙ながらに「本当にありがとう」と言ってくれた。

ようやくホッと安堵したのは、仕事を終えた獣医が帰り、「お茶にしましょう」とのレーマンの言葉で、館のリビングに戻ってからのこと。

佑季に気づいたサミーやほかの猫たちがやけに足元にすり寄ってきたと思ったら、腰を下ろしたソファの足元には、まるで監視するかのようにエルマーとレオニーが寝そべる。

――……？

奇妙に思いながらも、盲導犬を助けられた安堵感に満たされていた佑季は、呑気にレーマンの淹れてくれるお茶を待っている場合ではないことに、先ほどから一言も発しないでいた男がソファに腰を下ろしてようやく気づいた。

「……っ！」

思わずビクリと首を竦め、膝に前肢をかけた恰好で佑季を見上げていたサミーをぎゅむっと抱いて、ソファの上を後ずさる。

無意識の行動だったが、やったあとであまりにも失礼だったと気づき、「ごめんなさい」と唇を震わせた。

いやいや、あんなことをされたのだから、自分が詫びる必要などないと、もうひとりの自分が「バカ！」「お人好し！」と頭の片隅で罵るのだけれど、そうは言われても、そのこと以外はとてもよくしてもらったし、今だって助けてもらったし、強気な態度に出るにも限界が……。

——どうしよう……。

さすがに怒っているよなぁ……と思ったら、顔を上げられない。

航空券まで送ってもらって、しかもファーストクラスで歓迎してもらったのに、書き置き一枚で出て行ったかと思ったら、有無を言わさず使いっ走りにしたりして。

「あ、あの……」

モジモジとサミーの毛をいじる。

「ぼ、僕……冗談だと思ってて……その……おじいさまとうちのおじいちゃんとの約束……」

許嫁だなんで、突然言われても冗談だとしか思わなくて当然ではないのか。だから、アルコールの影響でちょっと気がゆるんだからといって、ああいうことは……。

要領を得ないことを言い募る佑季を、寄ってくる猫たちをあやしながら聞いていたウォルフが、ふいに身を寄せてきて、佑季はびっくりしてソファの背にすがった。

その様子が、あまりにもおかしかったのか、ウォルフは碧眼を見開いたあと「これほど怯《おび》えられてしまうとはな」と苦笑して、「取って食いやしない」と微笑む。

大きな手が伸ばされる。首を竦める佑季を、「慣れない猫みたいだな」と苦笑しながら、ウォルフがやわらかな髪をくしゃり……と混ぜる。

とたん、緊張がほぐれて、佑季は肩の力を抜いた。ウォルフの手は心地好くて、昨夜も離れがたかったことを思い出す。

――でも、だからって、あんなことは……っ。

自分の思考に自分でツッコミを入れて、佑季は手持ち無沙汰にサミーの毛並みを撫でる。

だが、ふいうちに額で軽いリップ音がして、ぎょっと目を見開いた。

すぐ間近に、悪戯《いたずら》な光を湛えた碧眼。端整な口元が愉快そうに歪められている。

「ウ、ウォルフ…さんっ」

揶揄わないでください！　と、真っ赤になって訴える。ウォルフは、「ウォルフでいい」とだけ返して、エルマーとレオニーに、コマンドを出した。

「次からは、ずっと佑季についていくんだ。何があっても佑季の護衛を優先させろ」

ウォルフの言うことを理解している顔でエルマーが「わふっ」と応じる。それを見たレオニーも頷く代わりに鼻を鳴らした。

監視するつもりだろうか……と、眉尻を下げると、「森で迷子になってやしないかと肝が冷えた」と苦笑される。

「どこへ行くのも自由だが、かならず犬を連れていきなさい。万が一のときに頼りになる」

ただ心配されていたのだと理解して、申し訳なくなる。

「あ…りが、とう…ございま、す……」

勝手に出て行ってごめんなさい、と再度詫びる。

「僕、混乱してて……」

最初は、毛並みが乱れるのを嫌がって、佑季がいじる先から舐めて毛づくろいしていたサミーが、いい加減諦めたのか、佑季の好きにさせている。あとでブラッシングするから、ひとまず今は見逃して、という気持ちで、佑季はひたすらにサミーの毛をいじる。

「そんなに怯えられるとさすがにショックだが――」

ウォルフの言葉に、ハッとして顔を上げる。それはそうだろう。自分でも失礼な態度を取っている自覚はあるのだが、ほかにどうすることもできない。ウォルフには佑季を観察する余裕があるのだろうが、佑季はウォルフの顔をまともに見ることもできないのだ。

「私の許嫁殿は、ずいぶんと初心なようだ」

うかがうような視線を向けられて、佑季はドキリと心臓を跳ねさせる。

「……っ！　だ、だから、その話は……！」

趣味人な老人たちの冗談ではないのか……と、焦る佑季に、ウォルフは「趣味人なだけあって、やるからには徹底していたようでね」と前置く。

「覚え書きもある」

引き出しの奥から見つけたのだと言う。それが、佑季に招待状を送るきっかけだったのだと知らされて、佑季は呆然と目を瞠った。

「うそ……」

――おじいちゃん～～～～っ！

よかったら見せようと言われて、これも現実逃避なのか首を横に振る。見てしまったら逃げ場がなくなる気がして……。

どうしたら……と戸惑う佑季に、ウォルフは返答を求めなかった。佑季が嫌でなければ、予定どおり館に滞在してほしいと請われて、コクリと頷く。レーマンもアマンダも心配していたのだと聞かされて、申し訳ないことをしたと反省した。

「まぁいい、時間はいくらでもある」

ゆっくりと口説くことにしよう、などと言われて、佑季はカッと頬に血を昇らせる。

「く、口説く、って、僕なんか……」

昨日会ったばかりなのに、この人は何を言っているんだろうと思った。

ウォルフならきっと、男女問わず寄ってくる人間は多いだろうし、もしかしたらすでに恋人がいるかもしれないし、自分でなくてもいいだろうと思ったのだ。

なんといっても、こんな家の当主なのだから、なにも日本人の自分など選ばなくても……。

「こ、恋人、いるんじゃないんですか？」

ウォルフのような人がフリーだなんてあるはずがない。そう言外ににじませると、「それはヤキモチかな？」と返される。

「や、妬《や》いてなんて……っ、ぼ、僕は……っ」

許嫁なんて、受け入れてないし！　とつづけるはずができなくて、佑季は口ごもる。

「僕は？」

言葉の先を求めてくる声音が妙に意地悪く感じて、佑季は口を尖《とが》らせる。子どもっぽいとわかっているが、ほかにどうしようもない。

「意地悪だ……」

拗《す》ねたように呟くと、ウォルフはゆるり……と碧眼を見開いて、それから「まいったな」と苦笑した。なにが？　と尋ねる視線を向けるものの、答えてもらえない。

またも手が伸ばされて、やさしく髪を撫でられる。この手に撫でられるサミーやエルマーやレオニーは、この心地好さだけで、この主人のもとにいようと思えるのかもしれない。

だが、ついうっかり心地好さに瞼が落ちかかった隙をつくかのようにウォルフの唇が頬に——唇に近い位置に触れて、佑季はぐいっと肩を押す。

「こ、こーゆーの、なしにしてくださいっ」

顔を真っ赤にして訴える。

しばし考えるそぶりを見せたあと、ウォルフはそれこそ揚げ足取りのようなことを言い出した。

「あいさつも？」

「日本じゃ、あいさつでキスはしないんです！」

「だがここはドイツだ」

「う……」

返す言葉に詰まって、恨めしげにウォルフを見やる。勝ち誇った顔が憎らしい。佑季よりずっと大人のはずなのに、あまりにも大人気なくないか？

「ずるい……」

ボソリと言うと、ウォルフがククッと喉を鳴らして笑った。

「意地悪の次はずるいか……評価は下がるばかりだな」

そんなことちっとも思っていないだろう、優雅な笑みを向けてくる。絵に描いたようなハンサムは、ずるいことに佑季の憤りを削《そ》いでしまう。

誰だったか、芸能人夫婦の夫のほうが、妻の顔が大好きだから、喧嘩をしても怒りの感情が長つづきしない、なんて言っていたのを記憶しているが、まさしくそんな感じだ。

「じゃ、じゃあ、おはようとおやすみのキスだけ……」

完全にウォルフの掌で転がされている。わかっていても、妥協せざるを得ない。

「ありがとう、嬉しいよ」

そう言って、つむじにキスを落としてくる。

「だ、だからっ、おはようとおやすみだけ！　です！」

今はそのどっちでもない！　と肩を押しやる。「わかったわかった」怒らないでくれ……と降参の意味でホールドアップをするも、本当に？　と聞きたくなる様子だった。

そこへ、レーマンがふたりを呼びにくる。

「さあさ、お茶の準備が整いましたよ。朝から大忙しで遅くなってしまいましたから、ブランチにいたしました」

庭のガーデンテーブルに用意が整っているという。

朝一で部屋を抜け出して、老婆と盲導犬に出会って、治療して……と、気づけば午前中が終わろうかという時間になっている。ブランチというよりもはやランチタイムだ。

ブランチと聞いたとたんに、現金なことにもお腹がきゅるるっ……と鳴る。恥ずかしくて、顔が熱い。ウォルフは笑って、健康な証拠だとフォローしてくれる。

「朝からたくさん働いたからな。しっかり食べて、午後は出かけよう」

ウォルフに促されて、庭に出る。ガーデンテーブルの置かれた広い芝生の空間は一段高い場所にあって、そこから庭園が見渡せるつくりだ。

大きな日傘の下に、備え付けの白いガーデンテーブル。椅子《いす》が二脚と、ベンチタイプの長椅子もあって、ついてきた猫たちは、そちらへ飛び乗った。彼らのための椅子のようだ。エルマーとレオニーは足元に。芝生の上は心地好いのか、ご機嫌そうに目を細めている。

テーブルの上には、ホテルのビュッフェにあるような色とりどりの料理が、大きな木製のトレーに美しくプレーティングされている。

ドイツといえば外せない、ソーセージやハムといった肉加工品から、さまざまなチーズ、瑞々しい野菜にフルーツ、生牡蠣《なまがき》もあって、ドイツ人はあまり生ものを食べないというから、これはきっと佑季のために用意されたものだろう。

焼きたてのパンが数種類カゴに盛られ、バターとジャムが添えられている。

生牡蠣以外はすべてリンザー家の農園に併設の工房で作られたものだと聞いて、佑季は目を輝かせる。

昨夜のディナーも、ドイツ人は買ってきたハムやパンで簡単に夕食を済ませることが多いと聞いていたからあまり期待していなかったのだが、さすがに元貴族の家柄ともなると一般家庭とは違うのか、牧場で育ったグラスフェッドビーフのステーキをメインに、リンザー家の農園で収穫された野菜や自家製のチーズなどがふんだんに使われた豪勢なものだった。

余計なものが使われていない自家製のハムもチーズもパンもどれも美味しくて、いつもの倍は食べた気がする。

だから、目のまえのテーブル上の光景も、非常に魅力的に映った。昨夜も食べすぎて、そして今日もこのラインナップ。欧米人に比べて食の細い日本人的にはカロリーが恐ろしいが、日本で一般的に流通しているものとはまるで質が違うのだから、美味しくいただかなくてはもったいない。

特大サイズのソーセージにはハーブが練り込まれていて、歯ごたえも抜群だ。スライスされているからハムだとばかり思ったビアシンケンは、基本の生地に塩漬けにした豚の角切り肉を加えたソーセージだという。チーズと一緒にライ麦のパンに挟んだら、高級店でしか味わえないサンドイッチになった。

「美味しい！」

子どものような反応を見せる佑季に、レーマンが微笑ましげな笑みを向ける。

「それはようございました」

食事に合わせてレーマンが用意してくれたのは、消化を助けるミントティー。ドイツではコーヒーや紅茶と同じくらいハーブティーが愛飲されていて、体調を整えるアイテムとしてごく自然に生活に溶け込んでいるという。

「お野菜もフルーツも、自家農園ですべて自然栽培されたものですから、安心して召し上がってください」

ドイツはオーガニック先進国と言われる。一方で日本の農薬使用量は、ドイツやフランスの四倍とも言われている。

「だからこんなに味が濃いんですね」

自然な環境で育てられた農産物は、本来あるべき姿と味をしていて、とても味が濃く、水っぽさや嫌な青臭さがない。日本で多く流通する、品種改良によって糖度ばかりが高められた果物のような、くどい甘さもない。

「農薬や化学肥料を使っていては、犬や猫たちが駆けずり回れないからね」

犬たちも猫たちも、農園にも牧場にも出入り自由にしているのだという。農産物を口にするのは人ばかりではないし、人間以上に地面に近い場所で生きる動物たちのことを考えたら、農薬など撒《ま》けるはずがないという。

だからこの庭も、除草剤や殺虫剤といった化学薬品は一切使用していないのだと、レーマンが説明してくれるのを聞いて、徹底しているのだな……と佑季は感心した。

ともに暮らす家族——動物たちの健康のためにも、自然な環境での農業、生物のあり方を歪めない酪農を、自家農園のみならず、リンザー名義で行う事業すべてに徹底していると、説明を足したのはウォルフだった。

「リンザー家のお仕事って……？」

元貴族の家柄だから、資産運用だけで莫大《ばくだい》な利益があるのかもしれないけれど、ウォルフの口ぶりからそれだけではないように感じたのだ。

「観光事業、飲食関係、流通……いろいろあるが……」

企業グループを形成しているということか。

「午後は出かけよう」

そういえば、先ほども誘われたけれど、どこへ行くかは聞いていない。

「事業の一端を見てほしい」

「……？」

「きっと興味を持ってもらえると思うよ」

意味深な誘い文句に、きょとりと首を傾げる。

——興味？

佑季は、動物のこと以外に興味がないというか、ろくな趣味もない人間だ。そんな佑季が興味を持つ事業とはいったい……？

パンパンにふくれたお腹をさすってお昼寝したい気持ちに駆られつつ、出かける準備をする。行き先によっては着るものを考えなくてはと思っていたら、カジュアルで大丈夫だと言われた。

そういうウォルフがスーツのベストにネクタイをきっちり締めているのだから本当だろうかと訝《いぶか》っ

たのだが、エントランスに現れたウォルフを見て、佑季は目を瞠った。

ラフになりすぎないノータイのジャケットスタイルは、ウォルフの長身をひき立て、ファッションショーでランウェイを歩くモデルのようだ。

いつもの運転手つきの車だとばかり思っていたら、車寄せにはツーシーターのオープンカーが用意されている。もちろんドイツが誇る、スリーポインテッドスターだ。

ウォルフにエスコートされて乗り込む。ほとんど荷物置き場にしかならない後部シートには、肌触りのよさそうなマットが敷かれていて、なんのために？　と思っていたら、ウォルフに呼ばれて奥から駆けてきたエルマーが、佑季の後ろに飛び乗った。

「エルマーも一緒に？」

オープンカーの後ろに大型犬を乗せて走るなんて、狭い日本の公道でやっていたらただのおかしな人だが、ドイツの広い空の下なら絵になる。しかもステアリングを握るのがウォルフなら、高級車の広告に使えるのではないかとすら思ってしまう。

「やった！　一緒にお出かけだね、エルマー」

佑季が首のあたりをわしゃわしゃと撫でると、エルマーも嬉しそうに尾を立てて吠えた。

レーマンとアマンダに「お気をつけて」と見送られ、滑らかなドライヴィングで館を出る。何度見ても、小高い丘の上に立つリンザーの館は、佑季の目には館ではなく城だ。

車は旧市街を走り抜け、リンザーの館とは反対側の郊外へ。

色素の薄い瞳を保護する意味もあるのだろう、薄い色味のサングラスをかけてステアリングを握るウォルフは、いつものスーツ姿とはまるで違う印象で、なんだかドキドキしてしまう。こういう恰好が本当に絵になる人というのは存在するのだと感心するほどだ。

俳優やモデルなど、自分を見せることに長けた人種は別にして、セレブなら誰でもさまになるわけではない。

同性として純粋に羨《うらや》ましく思う気持ちと、まったく住む世界が違うのだからと、雑誌のグラビアを眺めているかのような気持ちになる自分と。いずれにせよ、見惚《みと》れていることに違いはない。

三十分ほどのドライヴは、その昔リンザー家が治めていたという街の景観をゆっくり堪能するのに充分で、街のなりたちや主な産業、人々の暮らしなど、さまざまなことをウォルフに質問し、そのどれにもウォルフは丁寧に答えてくれた。

だが、行き先に関しては、誤魔化して、絶対に答えてくれない。

あれこれ推察していると、ようやく車は減速して、近代的な外観の建物の敷地内へ。

なんだろうかと見ていると、門柱のところにTierheim《ティアハイム》と書かれている。

――Tierheimってたしか……。

「ここって……」

「わかったかい？」

「犬の保護施設ですか？」

「私が理事を務める動物保護団体が運営する保護施設のひとつだ」

リンザー家の事業とは別に、個人名義で行っていることだという。

「ひとつ？　ということは、ほかにも？」

「ドイツ全土に支部がある」

ドイツにはティアハイムと呼ばれる動物保護施設が全国に五百カ所以上存在するという。ドイツ動物保護連盟に名を連ねる民間保護団体の運営する施設だ。ウォルフが理事を務めるのも、この連盟に加盟する保護団体のひとつだと説明された。

ドイツに限らず欧米のこうした団体の運営資金は、基本的に企業や個人からの寄付でまかなわれている。保護された動物たちの譲渡率は九割を超えるというから驚きだ。

日本では、毎年多くの保護動物たちが殺処分されている現実がある。日本の現状と比べて、あまりの違いに、自分が日本人であることが恥ずかしくなった。

世界一安全な国と言われ、インバウンド需要が急速に伸びている昨今、世界中の人々が日本の文化や日本人の気質を称賛してくれるというのに、なぜ動物保護に関して、これほどに立ち遅れているのか。

そもそも、ペットショップで物のように仔猫や仔犬が売られている国など、世界中を探しても日本くらいではないかと言われている。そのシステムから変える必要があると、佑季は常々思っていた。佑季が勤めていた間にも、動物病院の玄関先にペットとして飼われていたと思《おぼ》しき動物が捨てられる事件はあとをたたなかったし、捨てられていた仔猫や仔犬が運び込まれるケースも少なくなかった。

ペットを施設に預けにくる飼い主たちの言い分はさまざまだ。預けるという言い方は、綺麗すぎると佑季は思う。ようは捨てるのだから。命を殺すことになるのだから。

なかにはたしかに、どうしようもない事情をかかえた人もいる。だが、事情があるからといって、許されることではない。

一方で、多くが飼い主の身勝手としか言いようのない理由でペットは捨てられる。引っ越し先で飼えないから、転職して収入が減ったからなんて理由で、家族として一緒に暮らしていた可愛いペットを手放せる飼い主の心理が佑季には理解できない。

だが、もっと理解できないのは、結婚するから、子どもが生まれるから、というものだ。これから人の親になろうという人間が、身勝手にペットを捨てるのか？　ペットの面倒も見きれない人間が、人の親になるのか？　呆れてものが言えないとはこのことだ。

動物医療の現場のあり方だけでなく、飼い主の無責任さも、佑季がこのまま獣医をつづけていけるのだろうかと、疑問を抱いた要因のひとつだった。

大半の飼い主たちは、本当にペットを愛していて、大切に家族として暮らしている。だが、そうではない飼い主が、一定数存在する。それは、獣医学部の同期と情報交換していても明らかで、しかも思いがけず多い割合だ。

同級生たちの思うところもさまざまだ。割り切って獣医をつづける者、悩みながらもいつか何がしかの答えが得られるのではないかと奮闘する者、身勝手な飼い主に振り回される動物病院ではなく動物園や牧場で磨いた技術を活かそうとする者……佑季同様に、そうそうにドロップアウトして、違う方向から動物と関わる道を模索しはじめる者もいる。

人の価値観はさまざまで、自分の考えが絶対に正しいとは言わないが、平然とペットを捨てるような飼い主の心情なら、理解できなくてもかまわないとも思う。

少々のことには蓋《ふた》をして、あれこれ考えるより、まずは目の前で救いを求めている動物を治療することを優先させるべきだという同級生もいた。まさしくそのとおりだと思う。けれど、その気力すら失ってしまったら、ではどうしたらいいのか。

そんな気持ちをかかえての渡独だった。

だが今、佑季の胸は、期待に高まっている。

「犬のですか？　猫も？」

「さまざまな動物がいるよ。詳しいことは職員に聞くといい」

そのときどきで、保護されている動物はさまざまだという。動物が本来持つ性質に合わせて飼育するシェルターメディスンの考え方が取り入れられていると聞いて、佑季は施設を見学するのがますます楽しみになった。

緑溢れる敷地に広い駐車場。施設は真新しく見えるが、ここに建てられて十年以上経つという。

ウォルフがリンザー家の事業を引き継いで間もないころに手がけたということだろうか。収益の面ではきっとマイナスだろうから、強い信念を持って取り組んだに違いない。

車を降りたウォルフは、サングラスをさっと胸元へ。そんな流れるような所作も綺麗で、佑季は見惚れてしまう。自分で降りようとしたら止められて、ウォルフが運転手のようにドアを開け、エスコートしてくれた。レディファーストではないけれど、やっぱりドキドキしてしまう。

エルマーはどうするのかと思ったら、リードをつけずとも、おとなしくついてくる。ウォルフの横にぴたりとついて歩く様子は、完全に訓練された軍用犬のものだ。

エントランスを入ると、広くて明るいホールがあって、里親希望で訪れた人も、これから里親に引き取られようとする動物たちも、ゆったりと過ごせるに違いない。

先に連絡が入れられていたのだろう、奥からスタッフらしき中年の女性が出てきて、「ようこそ、Herr Rinser《ヘル　リンザー》」と、ウォルフに敬意を払う。

「彼女はここの副所長で、獣医でもある。いろいろ訊くといい」

恰幅のいい、やさしそうな女性だ。だが、実績を積んだベテランであることが、その表情からうかがえる。

「はじめまして。日本から来ました浅羽佑季といいます」

「彼も、日本では獣医をしているんだ」

ウォルフが佑季を紹介してくれる。ドイツのこうした施設のあり方を勉強させてほしいとの申し出に、快く頷いてくれるのはいいが……。

「聞いていましたけど、こんな若くて可愛らしい子だとは思いませんでしたわ、Herr」

しみじみ言われ、ここでも子ども扱いされて、もはや引きつった笑いしか起きない。

「じゃあ、お手伝いもお願いできるのかしら？」

「ぜひ！」

勢い込んで返すと、これまた小さな子どもを見るような視線を向けられ、エプロンを渡される。

「私は所長と話をしてくるから、自由に見学させてもらうといい」

そう言って、ウォルフはエルマーを連れて建物の上階へ。上には事務所やスタッフの福利厚生のための仮眠室、給湯室といった施設が置かれているようだ。

施設は広く、最初に案内されたのは犬舎。だが、佑季の知る保護施設の様子とはだいぶ違う。リンザーの館の犬舎の印象に近い。あれをもっと大規模にした感じだ。

エルマーたちの暮らす犬舎も十一匹の大型犬がゆったりと暮らせるスペースがあって驚いたが、しかしあそこは言ってみれば愛犬のために飼い主が用意した空間だ。恵まれているのも当然といえなくもない。

だがここは保護施設。なのに、この充実ぶり。

適温に調整された清潔な空間、広いケージ、保護されている犬たちは毛並みもよく、とても落ち着いている。

奥へ進むと、猫のためのケージが並び、猫たちは自由に遊んでいる。爬虫類《はちゅう》やエキゾチックアニマル専用のケージが並ぶ空間があるかと思えば、建物の外には広いドッグラン。その向こうでポニーが草を食んでいるのが見えて、まさか……と思いつつ「あの子も？」と尋ねると、里親を待つ保護動物だと教えられる。

「すごい……」

これでも、支部最大規模ではないという。

「Herr Rinserが、私財を投資しているの。もちろん、企業として莫大な寄付もされているけれど、それだと企業収益に左右されてしまうでしょう？　だから、個人名義でなさっているのよ」

ウォルフ自身が語らない部分は、実は佑季が一番聞きたい内容でもあった。

「すごい方なんですね」

「ここのスタッフは皆、Herr Rinserを尊敬しているわ」

それどころか、ドイツで動物保護に関わる人間なら誰しもが、ウォルフに敬意を払っていると聞いて驚く。

「ドイツ動物保護連盟の総裁に、って話も持ち上がるくらいだもの」

ドイツのこの手の民間組織を束ねる上位団体のことだ。

「でも、自分より適任がいる、っていつも辞退されるのよ」

そうして、自分より年長の識者にその座を譲り、自分は裏方に徹しているという。

「Herr Rinserがトップに立つほうが、寄付も増えると思うんだけど」

なんといってもあれほどのハンサムだもの！　と冗談口調でウインクされて、「そうですね」と笑いながら頷く。

「Herr Rinserに言っておいて。持って生まれたものをもっとうまく使ってください、って」

「でも、そうしたら、ハリウッド俳優になってたかもしれませんよ」

「あら、それは困るわ」

冗談でしかないやりとりを交わしながら、保護されたばかりだという柴犬《しば》の犬舎へ。昨今欧米では和犬が人気で、秋田犬《あきた》や柴犬、テレビCMで人気になった北海道犬《ほっかいどう》なども頭数を増やしているという。

「日本犬は人気だから、きっとすぐに飼い主が見つかると思うわ」

団体のオフィシャルサイトに保護犬の情報がアップロードされれば、今日明日にも里親希望者が訪ねてくるかもしれないという。

どんな人が来るのだろう。できれば会ってみたい。会って、話をしてみたい。

「一日も早く、里親にひきあわせてあげたいの」

そのためのサイト上にあげる情報が必要だという。

「何をしたらいいのですか？」

「健康チェックをして、ほかにもいくつか確認項目があるわ」

手伝ってもらえるかしら？　と言われて、佑季は大きく頷いた。

「ぜひ！」

佑季はこの国で医療行為に携われないから、あくまでも彼女の補助という体裁で、しかし佑季にほとんどの作業をさせてくれる。

触診で健康状態をたしかめ、人間とのコミュニケーションに問題がないか、嚙《か》み癖や吠え癖がないか、食事に問題がないかなど、さまざまなチェック項目をひとつひとつ確認していく。すべては、この犬が新たな飼い主のもとで、幸せになるために必要なことだ。

「手際がいいわね。日本ではもう何年も臨床の現場に？」

そんなふうに言ってもらえて、佑季は「とんでもない」と首を横に振る。新米どころか尻尾を巻いて逃げ出してきたばかりだとは、恥ずかしくてとても言えない。紹介してくれたウォルフの顔をつぶしてしまう。

「でもすごいですね。こんな施設がドイツ中に何百もあるなんて」

しかもほぼすべて寄付で成り立っていて、日本のこうした民間団体とは雲泥の差の経営状態にあることが、現場からくみ取れる。

日本ではスタッフはほぼボランティアで、どこでも運営資金の調達に苦労していると聞くのに、ドイツでは常任のスタッフが何人も雇われていて、おのおの職種に合わせて、民間企業と変わらない給料が支払われているという。

「いいなぁ……」

つい日本語で呟いてしまって、「どうしたの?」と気遣われる。なんでもありません、と笑顔をつくって、ほかにできることがあればなんでも手伝わせてほしいと申し出た。ケージの掃除でも、どんな雑用でもいい。やれることがあるなら体験したい。

「ちょうどひとり辞めてしまって、新たに募集をかけているところなの。Herr Rinser に私からお願いしようかしら」

週に何日かでもいいから佑季をよこしてくれないかと、ウォルフに掛け合ってみようとまで言ってもらえて、佑季は「ぜひ」と頭を下げた。自分からも、お願いしてみることにする。観光ビザで入国しているから、当然お給料はもらえない。ボランティアで働かせてもらおう。

それから、ウォルフが所長との話を終えて迎えにくるまでの間に、佑季は保護されたばかりの柴犬のデータがアップロードされるのを専用の端末で見せてもらい、猫のケージの掃除をし、外で草を食むポニーにもあいさつをしにいった。日本では、観光牧場などに行かないと、なかなか触れ合う機会のない動物だ。

担当の飼育員から、ポニーのブラッシングを教えてもらっていたら、まだ若いその飼育員が施設の二階を指さした。

どうやら所長室の窓らしく、所長と思しき老齢の男性と話をしているウォルフの姿が見えて、思わず手を振る。気づいた所長が何やら言葉をかけ、ウォルフがこちらに顔を向ける。嬉しくなった佑季は、満面の笑みでめいっぱい手を振った。

こんな体験をさせてもらえて、嬉しくて楽しくてたまらない。感謝の気持ちばかりだ。

ポニーが鼻先を寄せてきて、「乗ってみますか？」と飼育担当の青年が提案をしてくれる。まさか乗れるとは思わなくて、二つ返事で頷いた。

お手伝いをするはずが、すっかり自分が楽しんでしまって、けれどそういう姿勢が動物たちにとっても大切なのだと教えられる。

「ここに保護されている動物たちは、さまざまな理由で飼い主のもとを離れた子ばかりです。人間不信にならないように、愛情をかけてあげることも重要な仕事なんです」

そう言う青年は、たぶん佑季より若く見えるのに、とても充実した表情でこの仕事に打ち込んでいるように見えた。ずっとここで働いているのかと尋ねたら、大学時代からアルバイトをはじめ、卒業後そのままここで働くようになったのだという。

そういう選択肢が、卒業後の進路にあたりまえに存在することが、羨ましいと思った。

「佑季さんが、ここで働いてくれたら嬉しいなぁ」

にこやかに言われて、佑季は曖昧に頷く。それもいいかもしれない、と思う気持ちが、たしかに芽生えていた。


所長との話を終えたウォルフに案内されて、犬用ケージの並ぶ空間の奥へと足を向ける。静かなのは、小型犬や若い個体が収容されていないためだとすぐに気づいた。

「あまり騒々しいと、老犬はストレスがたまるからね」

ここに収容されているのは、主に元使役犬の老犬だという。盲導犬や聴導犬、警察犬などといった使役犬は引退後、ペットとして一般家庭に引き取られることが多いが、なかにはそれが難しい個体もいるという。

ウォルフが足を止めたのは、元警察犬のジャーマン・シェパードのケージ。ドイツでも警察犬といえばシェパードが多いが、そもそもドイツの警察犬システムを日本が真似《まね》て導入したのだから、それも当然だ。

「彼はハンドラーを亡くして以降、誰にも心を開かなくてね。ずっとここにいるんだ」

新しい里親に懐かず、引き取り希望者が何度現れても、結局ダメなのだという。

ウォルフの足元にしゃんとお座りをするエルマーに吠え掛かるようなこともなく、とても静か……というか、まったく無反応の老犬は、ケージの片隅でそっぽを向いて軀を伏せている。こちらを見ようともしない。

「僕に、この子のお世話をさせてもらえませんか？」

ボランティアでいいから、滞在中ここで働かせてほしい。この犬の世話をさせてほしいと願い出る。

するとウォルフの足元にいたエルマーが、自分たちは放っておかれるのかと主張するかのように、佑季の洋服の袖口を引っ張った。それにはウォルフも驚いた顔を向ける。

「もちろん、館の犬舎のお世話も忘れないよ。エルマーのブラッシングも毎日するから」

午前中に館の犬舎で仕事をして、午後からここでボランティア、というのもいいかもしれない。

「それでは、どこにも観光に行けないぞ。何より私はどうなる？」

せっかく来たのだから、ドイツの名所を見て回ればいい。動物のことばかり考えるのではなく、ほかにも目を向けてはどうかと言われる。それはそうなのだが、今はもう、動物のことしか考えられない。……と返そうとして、佑季は言われた言葉を反芻《はんすう》し、「え？」と傍らを見上げた。

「私、って……」

瞳を瞬く佑季の反応を、ウォルフが愉快そうに見やる。

「私も放っておかれるのかな？」

ウォルフが上体をかがめて、佑季の顔をのぞき込むように言葉を継いだ。エルマーが拗ねたのを真似しているのだと理解する。

間近に佑季を映す碧眼には悪戯な色。

「だ…って、ウォルフさんも、お仕事があるでしょうし……」

ずっと自分に付き合わせるわけにはいかないだろうし、館でお世話になっているぶんは働いて返したいし……と、言葉尻を濁す。

「かまわないさ。私がいなくても仕事は回る」

優秀な部下ばかりだから、と言われて、事実なのだろうが、だからこそ、これ以上ウォルフを拘束はできないと感じた。だから遠慮しようと思ったのに、しばし思案のそぶりを見せたあと、「ベタな観光地をひととおり巡るのもいいかもしれないな」などと言い出す。

たしかに、ガイドブックに載っているような場所には行ってみたい気持ちはあるけれど……ドイツに長期滞在していながら、観光名所のひとつにも足を向けなかったなんて、帰国後友だちに話したら笑われそうだ。

「佑季は、ドイツは何度目だったかな」

行ったことのない場所に行こうと言われて、佑季は「それが……」と言葉を濁す。

「二度目のはずなんですけど……」

ウォルフの眉が怪訝そうに寄せられた。

「子どものころに親と一緒に来たときのこと、全然覚えてなくて……」

それっきりなんです、と首を竦める。

「まったく、何も？」覚えていないのか？　と訊かれて、なんだか申し訳なくなって、「ええ」と今一度首を竦める。すると、「それならなおのこと、ドイツの素晴らしいところを見てもらわなくては」と、ウォルフが言う。

「真摯《しんし》に動物医療に向き合おうとするきみの姿勢は素晴らしいと思う。だが、そればかりでは人生はつまらないよ」

結果的に、楽しい気持ちで動物たちと向き合えなくなると言われて、自分がまたも視野狭窄《きょうさく》に陥りかけていたことに気づいた。

そうだった。いまさっき、楽しい気持ちで動物と接することが大切なのだと、ポニーの飼育担当の青年から教わったばかりだったのに。

自分自身が人生を楽しんでいなければ、楽しく温かい気持ちで動物に接することなどできるわけがない。

「すごいベタですけど、僕、ビアホールで美味しいビールとソーセージが食べたいです。あと、路上販売のホットドッグも！」

テレビで見たんです！　と訴える。ウォルフがホットドッグをかじる姿など想像つかないが、「楽しそうだ」と笑ってくれた。

「エルマーも一緒に行けますか？」

ウォルフの足元でじっと佑季を見上げている賢い瞳に微笑みかけると、エルマーは自分も一緒に行きたいというように「わふっ」と吠えた。

「もちろんだ」

そのやりとりが気になったのか、あるいはうるさかったのか、ケージのなかの老犬が片目を開ける。

感情の光のない目だった。

「きみはすごいな」

「……え？」

「あいつが人間の声に反応するのははじめてだ」

慕っていたハンドラーを失って以来、誰のコマンドも聞こうとしない元警察犬。佑季には、まったく相手にしてもらえていないように見えたが、これでも顕著な反応だと聞いて、これはなかなか手ごわいと感じた。

「そうなんですか」

やっぱり、ここを手伝わせてもらおう。あとでもう一度ウォルフに頼んでみようと決める。もちろんいい加減なことはできないから、きちんと施設側の許可をもらって、スタッフにも理解してもらって、可能なら、という条件で。自分の想いだけで、動物を振り回すことはできない。

「アマンダが自慢のモーンクーヘンを焼いて待っている」

連絡が入ったと、ウォルフがスマートフォンをかざす。見せられたディスプレイには、アマンダが焼きたてのお菓子をオーブンから取り出している写真があった。

使用人とこんなやりとりをしているのかと思ったら、ずいぶんと年上の男が可愛らしくも感じる。

「きみがきて、レーマンもアマンダもほかの使用人たちも、やりがいが出て楽しいようだ」

素直に感動を表す佑季のためにお菓子を焼いたり、お茶の準備をしたり、部屋に花を飾ったり……同じ日々の繰り返しに退屈していたのだろう使用人たちの、いい刺激になっているという。迷惑になっていないとわかって、佑季はホッと安堵した。

そして、ケージのなかの老犬に声をかける。

「また来るよ。僕のこと、覚えていてくれると嬉しいな」

老犬は、今度は耳をピクリとも、片目を開けたりもしなかった。それでもよかった。きっと声は届いている。

エルマーが、ケージ内に何かを訴えるかのように「わふっ」と吠える。老犬はやっぱり無反応だった。


施設のスタッフたちに「また来てね」と見送られ、ドライヴも兼ねてと、来たときとは違うルートを辿って館に戻る。

サングラスをしてステアリングを握るウォルフは、ハリウッド俳優以上に絵になって、やっぱり直視できない。

走り出すまえ、後部シートに自ら飛び乗ったエルマーに、「忘れていたな」とウォルフがグローブボックスから取り出したのはサングラスだった。だが人間用のものではない。犬用のものだ。エルマーにひどく似合って、彼もまたハリウッド俳優のよう。

今も後ろを振り返ると、サングラスをして、澄まし顔で、ちょこんとお座りをする姿が微笑ましい。

やはりドイツにあっても目立つのか、街往く人々が、通り過ぎる車を振り返っていく。とても気持ちのいいドライヴだ。

今なら……と、佑季は自分のスマートフォンを取り出して、背後のエルマーと一枚、ステアリングを握るウォルフと一枚、記念に撮影した。

「カッコいいよ、エルマー」

写真を見せながらの佑季の呼びかけに、エルマーは「わふっ」と応じ、ご機嫌に尾を揺らす。

信号で止まったタイミングで、ウォルフがもう一枚とリクエストをしてきた。

「……？　撮りますよ」

撮影ボタンをタップする瞬間に、引き寄せられ、頬で軽いリップ音。

「……っ!?」

タイミングよくシャッターが切れて、佑季の手元には、金髪サングラスのイケメンにキスされて目を丸くする自分の間抜け顔が……。

「ウォルフ…さん!?　これ……っ」

文句を言う間に車は走り出して、不意打ちは卑怯《ひきょう》だとつづく言葉を紡ぐ声も弱くなる。

「可愛いよ」

よく撮れている、と目を真ん丸に見開いた佑季の写真をチラリと見やって言う。

「全然可愛くないです」

隣のハリウッド俳優が絵になりすぎていて落差が激しすぎる、と口を尖らせる。横から伸ばされた手が、風に乱される佑季の髪をくしゃりと混ぜた。

文句を言いながらも消す気になれず、端末に残す。保存用のフォルダに移動し、念のためクラウドにも上げた。これで、端末を落としても壊しても、写真はなくならない。

途中、車が減速して、路肩に停車する。「少し待っていてくれ」と言われて、シートベルトも外さず待っていると、ウォルフは通りを横切って、可愛らしい街並みを飾るように軒先に商品を並べる花屋へ。

奥から出てきた男性に何やらオーダーをし、その足で隣の雑貨店へ。何を買ったのだろうかと思っていたら、ラッピングされた包みを手に店を出てきて、また隣の花屋へ。ややして花屋の奥から、若い女性スタッフがふたり出てきて、両手に抱えた花束を通りを渡って車の後部に。エルマーに断って積み込むその数、六束。助手席に乗る佑季にニコリと微笑みかけ、きゃっと声を上げながら店に戻っていく。

最後に先ほどの店主らしき男性が奥からひときわ大きな花束を手に出てきて、それをウォルフに渡した。

大きな花束を抱えて通りを横切ってくる。まさしく雑誌のグラビアか映画の一場面でしか見たことがない光景に唖然としていたら、ウォルフが手にしていた大きな花束が、バサリと佑季の膝に置かれた。通りの向こうから、花屋の女性スタッフの黄色い……いやピンク色の悲鳴が届く。

「……え？　僕……に？」

ピンク色の甘い香りを放つ大輪の薔薇《ばら》が束ねられている。花などもらったことがなくて戸惑う佑季に、ウォルフが「もちろん」と頷く。

真っ赤な薔薇が愛情や情熱といった花言葉を持つのはよく知られているが、ピンク色の薔薇にも、それに近いような意味があったはず……。あとで調べることにして、ひとまず「ありがとうございます」と受け取る。

後ろのは？　と唖然呆然と目を丸くしていると、後ろの花はアマンダたち、館で働く女性陣へのお土産だという。

車に乗り込んでから、佑季にはもうひとつ、包みが渡される。花屋の隣の雑貨店で購入した袋だ。

「これも？」

なんだろうかと戸惑っていると、背後からエルマーが興味津々とのぞき込んでくる。その鼻先を撫でてやって、走り出した車中で、「開けてもいいですか？」と尋ねた。

「もちろん、きみのために選んだんだ」

さりげなく贈り物をする、スマートさは日本人男性に一番欠落している部分だろう。佑季も、したこともないし、されたこともない。

頬が熱い。掌でさすってそれを冷まし、佑季は日本の小売店で施されるものに比べて簡易なラッピングのリボンをほどき、紙袋を開けた。

袋の中身は、ワーキングエプロンともガーデンエプロンとも呼ばれる、ポケットがたくさんついた丈が長めの作業用エプロンだった。

明るいカーキカラーが、佑季の明るめの髪色に栄える色味だ。

「これ……」

「必要だろう？」

犬たちの世話をするのにエプロンは必需品だと言われる。佑季はパァ…っと顔を綻ばせた。

「ありがとうございます！」

これで思う存分エルマーたちの世話ができる。

「気に入ったのならよかった」

「はい！　とっても素敵です！」

使い勝手もよさそう！　と生地の手触りを確認する。

「あの店は店主のセンスがいいんだ」

飛び込みでも大概必要なものが揃うし、オーダーを出せば要望にかなうものを世界中から取り寄せてくれるという。

「どう？　似合う？」と、胸にあてがって後ろのエルマーに見せると、エルマーは頷く代わりに大きく吠えた。

「ありがとうございます！　大切にします！」

丁寧に畳んで袋に戻す。

荷物をまとめている振りで、ステアリングを握るウォルフの眼を盗んで、スマートフォンでピンクの薔薇の花言葉を調べる。

「上品」「気品」「温かい心」「可愛い人」まではともかく、最後に「愛を待つ」という文言を見て、全身にカッと血が巡った。

——……これ、偶然？　それとも意図的？

甘い香りを放つ薔薇の花束に鼻先を埋めて、佑季は真っ赤になっているだろう顔を隠す。

「佑季？」

赤信号で止まったタイミングで、横から顔をのぞき込まれる。

「……へ？」

驚いて顔を上げると、伸びてきた手に、額についた花弁を一枚剝《は》がされた。

「窒息してしまうよ」

クスクスと笑われる。

——誰のせいだよっ。

恥ずかしくて顔が上げられないのは、誰のせいかなんて、わかっているくせに。

——この人、結構意地悪だ。

佑季の反応を面白がって、揶揄うようなことばかりしかけてくる。でもそれが嫌じゃないから困る。

背後のエルマーが、「大丈夫？」と気遣うように鼻先を寄せてきて、佑季は「意地悪なご主人さまだね」と耳を掻《か》いた。

エルマーが鼻を鳴らす。ウォルフが「それは同意しているのか？」と苦笑気味に肩を竦める。「同意してます」と佑季がきっぱり返すと、ウォルフは「ひどいな」と愉快そうに笑った。

そんな表情も絵になって、佑季はやっぱり隣を見られない。花束をぎゅっと抱いて、今一度甘い香りを肺一杯に吸い込んだ。


館に戻ると、アマンダと若い女性の使用人たちが、大喜びで花束を受け取った。ウォルフはたびたび、皆に――主に女性陣に、こうしてお土産を持って帰るのだという。

「花など、庭園にいくらでも咲いているのですが、やはりああして花束になっていると、女性の眼には違って映るようです」

満面のアマンダに「いい齢《とし》をして」と呆れながら、レーマンが言う。

「失礼ね！　いくつになっても、花をもらって喜ばない女はいないのよ！」

そう返すアマンダの表情から、本当はレーマンから贈られたいのだろうと察した佑季だったが、指摘するのはやめておいた。若い女性使用人たちも、皆わかっている顔で、「喧嘩するほどなんとやら」と囁《ささや》き合って、アマンダに「仕事に戻りなさい」と叱られている。

使用人たちの人間関係の温かさも、この館の居心地のよさにつながっているのだと改めて感じた。

留守番をしていたレオニーが出迎えてくれる。

エルマーから報告を受けるように鼻先を寄せて、互いの耳から首のあたりをこすりつける。仲のいい個体同士がやる仕種《しぐさ》だ。

「その薔薇は、お部屋に飾りましょうね」

アマンダが、佑季がかかえた花束を見て、目を細める。

「あの……じゃあ、寝室に」

一番身近に飾っておきたかった。アマンダは、「とてもお似合いですよ」と花束を預かろうとしてくれる。でも佑季は、「自分で運びます」と、それを断った。

「お部屋に花瓶をお持ちしましょうね」

微笑ましげに言って、佑季の部屋に可憐なピンク色に合う白磁の花瓶を届けてくれた。その場で水切りをして、長持ちするように生けてくれる。

部屋中に甘い香りが満ちて、なぜだか気持ちが高揚する。さっそくウォルフに買ってもらったワーキングエプロンをつけて、エルマーとレオニーを伴って部屋を出た。

リビングでくつろぐウォルフの前に立って、エプロンをつけた姿を見せる。ウォルフは満足げに「似合っているよ」と頷いた。

レーマンが「おや、これはお可愛らしい」と微笑む。

「ウォルフさんに買ってもらったんです」

まるでクリスマスプレゼントをもらった小さな子どものように報告をする。

「犬舎に行ってきます！」

エルマーとレオニーを連れて部屋を飛び出した。

アマンダのモーンクーヘンは食べないのかと引き留めるより早く、佑季は二匹の犬を引き連れて、部屋を出て行った。ややして、外から二匹の吠える声が聞こえる。

窓から外に視線をやると、芝生を犬舎のほうに向かって勢いよく駆けていく、ひとりと二匹の姿があった。

「元気のいいことで」

若いのはいいことだと、レーマンがホクホクと言う。

「あら、おやつはいいんですの？」

佑季のために焼いたモーンクーヘンを切り分けて持ってきたアマンダが、佑季の姿がないのに気づいて目を瞬《しばたた》く。

モーンクーヘンは、ドイツで伝統的に食べられている芥子《けし》の実の焼き菓子だ。クーヘンというのはデコレーションのない焼き菓子の総称で、日本でよく知られるバウムクーヘンもこのくくりだが、ドイツでバウムクーヘンはあまりポピュラーな菓子ではない。ウォルフも、日本ではバウムクーヘンが人気だと子どものころに知ったときには、なぜだろうかと驚いたものだ。

「菓子より犬のようだ」

腹がすけば、二匹を連れて戻ってくるだろうと苦笑で返すと、「おチビちゃんのころとかわってませんね」と、アマンダが微笑んだ。

「その話は――」

レーマンに諫められて、アマンダが「わかっておりますとも」と口を尖らせる。

「まったく覚えてないなんて、本当に怖かったのでしょうねぇ」

「若い者たちに聞かれないようにな」

「あなたと旦那さまのまえでなけりゃ、言いませんよ」

その話を知っているのは、当時その場に居合わせた、ウォルフとレーマン、そしてアマンダだけだ。

屋敷の使用人たちも入れ替わっていて、二十年前を知る者は少ない。

当時、レーマンとアマンダはまだ夫婦だった。それも時間の流れというやつだ。

犬好きが高じてブリーダーをしていた祖父が、ドッグショーで知り合ったという犬愛好家一家を日本から招いたのは、サマーバカンスも終わりに近づいたころのことだった。

まだ五歳の佑季は無邪気で愛らしかった。一方の自分は、思春期に入ったばかりの生意気な盛りだった。

自分の背丈より大きなシェパードに囲まれても楽しそうに笑い、臆することなく犬の尾を摑み、抱き着き、仔犬たちと一緒になって芝生の上を転がって遊ぶ幼児を、館の誰もが微笑ましく見守っていた。もちろん自分もそのひとりだった。

忘れられているのは寂しいが、かといってつらい記憶を思い出させるのも酷だ。今でも、夜の森の暗さに、深層意識に刷り込まれた恐怖を覚えるくらいなのだから、トラウマとなっていることは間違いない。昨夜の様子から、ウォルフは佑季の精神状態をはかる。

「無理に思い出す必要もない」

かといって、今の状態のまま一生放置するのもどうかとウォルフは思うが、専門家ではないからなんとも言いがたい。診察を受けさせてもいいが、当の本人が何も覚えていないのだから、余計なことを言って不安がらせるのもかわいそうだ。

忘れたまま、精神面に支障がないのなら、本人のためにはそのほうがいいのかもしれない。

「お寂しいのでは？」

レーマンの問いに、ウォルフは「ん？」と顔を向ける。

「ずいぶんと面倒を見ておいででした」

二十年も昔のことを、よく覚えているものだ。

「可愛かったからな」

小さな弟ができたようで嬉しかった。祖父同士が交わした許嫁の約束には正直呆れたが、ともに過ごすうち、こんなに愛らしい子なら、冗談を本当にしてもいいかもしれないと思った。自分も少年だったが、本気だった。

——これほどすっぱりと忘れられているとも思わなかったが。

二十年前のあの日。

正気をなくした真っ青な顔で、震える小さな手で、必死にしがみついてきた。雨に濡れた身体は氷のように冷え切っていて、このまま死んでしまうのではないかと恐怖した。

だが佑季の受けた精神的なショックは、自分のそれとは比べようもなく深いものだった。暗い森の印象は恐怖に結びついて、記憶すら失ってしまうほどに。

昨夜の佑季は、明らかに夜の森に恐怖を抱いていた。

深層意識に刷り込まれた恐怖心は、日本にいる間は心の奥底に押し込められていたのだろう。だが、あの一件以来の訪独で、日本の森林とは異なる森の気配によって呼び覚まされた。記憶は封印されたまま、恐怖の感情のみ。

何もかも忘れていられるのなら、それもいいかもしれない。だが、暗い森に恐怖のみを覚える、だがその理由がわからないという状況は、決していいとは思えない。

祖父の残した冗談でしかない覚え書きを見つけたときに、記憶のなかの愛らしい少年は今どうしているだろうか、どんな青年に育ったろうかと、どうにも拭えない興味が湧いた。

佑季がなぜあれきり訪独しなかったのか、その理由を自分はわかっていたのに、不用意に招待状を送ってしまった。その責任は取らなくてはならない。

だからといって、初心な青年に手を出していいことにはならないが……。

昨夜の自分の行動を思い出して、ウォルフは小さく自嘲《じちょう》した。出ていかれてもさもありなん。だが、逃げられれば追いたくなるのが人情というもの。狩猟本能を焚《た》きつけられて、とうに逃す気はなくなっている。

「手持ち無沙汰なのでしたら、様子を見にいかれては？」

執務が手につくようには見えないと指摘されて、苦笑をこぼす。ウォルフはレーマンの提案に従うことにした。

「佑季の部屋のカーテンを閉めておいてくれ」

古い館は、趣があるといえば聞こえはいいが、実用面を重視して改装するわけにもいかず、使い勝手の悪い箇所も多い。

高い天井まである大きな窓を飾るカーテンは、美しいドレープを描いて常にまとめられている。朝夕、開け閉めするつくりにはなっていない。閉められないわけではないが、ひとりでは無理だ。

「かしこまりました」

これからは、夜の森の景色が佑季さまの目に入らないように留意しますと、ベテラン執事のレーマンは、ウォルフが命じた以上の気遣いを返した。

保護施設と犬舎とで、労働に勤しんだ一日の締めくくりのディナーは、ことさら美味だった。

今が旬のホワイトアスパラにオランデーズソースをかけたシュパーゲル、濃厚なきのこクリームソースが特徴のイェーガーシュニッツェルは薄く伸ばした巨大なカツレツのことだ。ドイツ版ニョッキのようなシュペッツレにはレンズ豆のソースがかかっていて、こちらもボリューム満点の一皿だったが、佑季はどの料理もペロリと平らげてしまった。

佑季がいつも口にしている和食に比べたら、どの料理もかなり重いのだが、濃厚な味付けは若い胃袋を心地好く刺激して、いつになく食欲が増している。

そのうち、醤油《しょうゆ》の風味と味噌汁が恋しいと思うタイミングがくるのかもしれないが、とうぶんはドイツ料理を堪能できそうだ。

デザートに、ようやくアマンダ特製のモーンクーヘンを口にすることがかなった。タルト生地と表面のクランブルの間に黒い芥子の実の層ができている。

「モーンクーヘンには、生地に芥子を混ぜて焼いたパウンドケーキタイプのものや芥子の実のペーストを巻き込んだロールケーキ状のものもあるのですけど、うちの定番はこれ」

黒い見た目に驚くかもしれないが、芥子の実のプチプチした食感が癖になって美味しいのだという。

「美味しい！」

アマンダの言うとおり、芥子の実の芳《こう》ばしい風味が意外とあっさりした味わいで食べやすい。ドイツ菓子は欧米の他国のスイーツに比べて、どれも日本人の舌と胃袋にやさしい印象だ。

「たくさん食べていただけると、つくりがいがありますね」

ウォルフが進んで甘いものを口にしない年齢になったころから、お菓子を作る楽しみが減ってしまったとアマンダが嘆く。

「お小さいころは甘いお菓子が好物でらしたのに」

つまらないとアマンダが長嘆する。ウォルフは苦笑で返すのみだ。

「ウォルフさんの小さいころって、どんなお子さんだったんですか？」

興味にかられて訊いてみる。

「さあ、どうだったかな」

ウォルフはそんなふうに誤魔化したが、アマンダが目を輝かせた。隣でレーマンが、呆れをにじませた表情をしている。

「そりゃあ、お可愛らしかったですよ。幼稚園のころはよく女の子に間違われて、それが嫌で喧嘩も多くて……」

「アマンダ」

勘弁してくれとウォルフが遮るも、興がのってきたらしいアマンダの口は止まらない。

「お綺麗な顔に傷ばかりつくられるものだから、生前の奥さまが嘆かれて、じゃあもっと強くおなりなさい、って――」

「――柔術の道場に連れていかれた」

アマンダの言葉をウォルフが引き継ぐ。

「もうびっくり！　『道場に放り込んできたわ』なんておっしゃるのですもの」

幼い息子を幼稚園に迎えにいったはずがひとりで帰ってきたFrau《フラウ》 Rinserに、「坊っちゃまは？」と尋ねたらそう返されたという。もう三十年も昔の話を、アマンダは手振り身振りを加えて、面白おかしく語ってくれた。

「……ずいぶん豪快なお母さまでらしたんですね」

くすくすと笑いながらも目を丸めると、ウォルフは「ときどき思いがけない行動力を見せる人だった」と肩を竦める。

「佑季さんのお母さまはお可愛らしい方でしたものねぇ」

アマンダが言うのを聞いて、佑季は首を傾げた。佑季の母と面識があっての言葉のように聞こえたのだ。

「あの……」

佑季が怪訝そうに瞳を瞬かせるのを見て、レーマンが傍のアマンダを見やる。

——……？

不思議そうにする佑季に、アマンダが焦った様子で言葉を継いだ。

「い、いいえ、きっと佑季さんとよく似てらっしゃったんじゃないかしら、って……」

だからきっと可愛らしい方だったに違いないと思ったのだと言う。母を褒められるのは嬉しいし、母の思い出を語るのも嫌じゃない。

「顔は母似だって言われますけど、性格はどうかな。ときどき父が『お母さんに似てきた』ってこぼすことがありますけど」

それって、年頃の娘に言うセリフだと思うんですけど……と苦笑すると、ウォルフはどこの親も似たようなものだろうと笑った。

「ウォルフさんのくださった招待状を渡してくれたのも父なんです。気分転換してこい、って」

獣医学部の学費を払ってもらったのに、卒業してたいして働きもしないうちにドロップアウトした情けない息子を咎《とが》めることもなく、目指す先が見えなくなったのなら立ち止まって行く道を模索すればいいと見守ってくれる。

「素敵な父上だ」

ウォルフの言葉に「はい」と返す。

でもきっと、リンザー家の先代当主——ウォルフの実父も、立派な人だったに違いない。その背を見て育ったからこそのウォルフの紳士ぶりに違いないのだから。

レーマンが食後のコーヒーを淹れてくれる。

「もう一切れいかが？」とアマンダに勧められて、もうお腹いっぱいだと辞退すると、コーヒーのおともにと、チョコレートやマジパンなどの小ぶりな菓子の盛られた皿がテーブルに出される。

図書室を兼ねた談話室に移動して、ウォルフの祖父が残したというジャーマン・シェパードのブリーダー記録を見せてもらった。佑季の祖父も多くの資料を後進のために残していたが、ウォルフの祖父もそうとうなものだ。

ウォルフがローテーブルに積んでくれた分厚いファイルを、一冊一冊手に取って、膝の上でめくる。コーヒーカップを手にソファの隣に腰を落としたウォルフが、佑季が広げるファイルをのぞき込みながら、ひとつひとつ質問に答えてくれる。

何冊目かのファイルに、佑季の祖父とウォルフの祖父が並んで映る写真が収められていた。ともに自慢の犬を足元に、生まれてひと月経っていないだろう仔犬を抱いている。ふたりとも満面の笑みで、とても楽しそうだ。

「気が合うはずですね」

ドッグショーで知り合ったと聞いているが、意気投合したのもわかる。

「犬バカだな」

「どっちも」

ウォルフと顔を見合わせて笑う。

犬談義に花を咲かせるならいいが、エキサイトしすぎて、子どもじみた舌戦をくりひろげていたのではないか。そんな想像も働く。

「だからって生まれてくる孫の性別を確認もしないで――」

うっかり言いかけて、自分でしまったと思い、途中で口をつぐんだ。

言いきって笑い飛ばしていたら妙な空気を呼ばずに済んだのに、胸中で「あ」と思ってしまったのがいけない。

ウォルフの碧眼をまっすぐに見据えてしまったのも、さらなる羞恥を呼び込む結果となった。

「勝手に許嫁にするなんて？」

佑季が言いかけてやめたことを、ウォルフが引き継ぐ。

意地悪い行動に思えて、佑季は口を尖らせた。

ウォルフは、とてもやさしいのに、ある部分だけ意地悪だと思う。佑季の反応を見て楽しんでいるように感じるのだ。

自分が余計な話を持ち出さなければ、もっと会話していられたのに。昼間に見学させてもらった保護施設のこととか、それに関わる活動のこととか、聞きたいことは山ほどある。

本当は、もっと話していたいのだけれど……。

――また触られたら、困るし。

胸中でそんなことを思って、ドクリと心臓が高鳴る。

膝の上のファイルを閉じてローテーブルに戻し、「部屋に戻ります」と腰を上げる。後ろ髪を引かれる思いで背を向けて、ドアノブに手を伸ばす。

その手を、大きな手に包まれた。

視界が陰ったのは、背後から長身に覆い被さられたため。ドアを開けようとした手を止められ、ドアに囲い込まれた恰好だ。

「おこらせたかな」

耳朶を吐息がくすぐる。佑季は首を竦めた。

そんなつもりはなかったんだが……と苦笑されたところで、もはやこの体勢がいただけない。口から心臓が飛び出しそうだ。

「こ、困ります」

「ん？」

「許嫁なんて、おじいさんが勝手に約束したことだし、覚え書きだって本当に法的効力があるかわからないし、その……」

背中にウォルフの体温を感じて、身体が強張る。

鼓動が激しくて、声が震える。

「私では役不足かな？」

「……っ!?　そ、そういう意味では……っ」

ウォルフが嫌いで言っているわけではないと慌てる。背後を振り仰ぐと、間近に碧眼。美しい顔が心臓に悪い。

「あ……の」

——どうしよう……。

またキスされる？

それとも……。

——また、あんなこと……。

されたらどうしよう。

でも、あれは自分が酔っていたからであって、今日はシラフだからそんな空気にならないはずだし、だから万が一のときにもちゃんと断って……。

ぐるぐると考えて、これではまるで期待しているようではないかと、はたと気づく。

——そんなつもりじゃ……。

「ウォル……、……っ」

頬に大きな手が添えられて、佑季はこぼれ落ちんばかりに目を瞠る。

間近に迫る碧眼、香るトワレに覚えがあって、昨夜嗅いだのだと気づく。酔っていたのに……いや、だからこそかもしれないが、妙なことばかり覚えているものだと自分の記憶力に呆れる。

頬に触れる指と、鼻腔《びこう》をくすぐる大人の男のまとう香りと、そして体温すら感じる距離感。

猟犬によって追い込まれたウサギのような気分で、佑季は痩身を強張らせる。

ドアノブにかけたままの恰好で固まっていた手を離され、重ねられていたウォルフの手が佑季の肩を抱く。

どうするのかと思ったら、ウォルフは佑季をともなって談話室を出た。

ウォルフの足の向く先はすぐにわかった。佑季の部屋だ。

まさか今日も？　と、思ったとたん佑季はただでさえ速い鼓動が痛いほどに音を立てるのを聞いた。

肩を抱く手を払って部屋に逃げ込めばいいと、頭の片隅で冷静に考える自分がいる一方で、身体は動かない。半ばパニクったまま、ウォルフに肩を抱かれて、引きずられるように廊下を進むしかない。

部屋のドアノブにウォルフの手が伸びかかったところで、ようやく身体が動いた。

ドアノブを死守するかのように後ろ手に握り、ドアを背にウォルフを振り返る。ちょうど、ドアのまえに立ちはだかるかのように。

部屋に入れてしまったら、なんだかとんでもないことになるような気がして、それだけは阻まねばと、防衛本能が働いたらしい。

「あ…りがとうございました。……送っていただいて」

部屋に送ってもらっただけだと、防御線を張る。

「部屋に入れてはもらえないのかな」

「だ、ダメ……です」

「どうして？」

吐息が触れる距離で、低く甘い声が、意地悪く問う。

やっぱり、ウォルフはやさしいけれど意地悪だと、改めて思った。自分があたふたするのを見て楽しんでいる。

「どうしても、ダメなんですっ」

だんだん佑季のほうも意地になってきた。

「……っ!?」

大きな手に頬を取られ、顔を上げさせられる。間近に長身を見上げる恰好になって、首が痛いほどだ。

ウォルフが顔を寄せるのがわかって、条件反射でぎゅっと目を瞑った。

自ら視界を捨ててしまうなんて大失敗だと、やったあとで気づいたが、もはや目を開ける勇気もない。

この先に起こることから逃げるように、さらにきつく目を閉じる。

いつくるか、今くるかと、戦々恐々と次に起こることを待つものの、待っても待っても、何も起こらない。

耐えかねてそっと片目を開けたら、いくらかの驚きを孕《はら》んだ碧眼とぶつかった。

「……っ！」

佑季の反応が意外すぎたのか、ウォルフは我慢しかねたように笑いをこぼす。ククッと喉を鳴らして、懸命にこらえているつもりのようだが、まったくできていない。

「な……っ」

何がおかしいのか！　と食ってかかろうとしたタイミングで、「可愛いな」と吐息が唇にかかった。

油断した隙をついて、頰――限りなく唇の端に近い位置でリップ音。目を瞠った先には、愉快さをにじませた青い瞳。

「これ以上はやめておこう。また逃げられたくはないからね」

おどけたように言う端整な口元には余裕の笑みが刻まれている。

「あ、あれは……っ」

心配かけてしまって申し訳なかったと、詫びる間もなく死守していたはずのドアノブが回されて、佑季の痩身はドアの内側へ押されていた。

「おやすみ」

今度は額に淡いキス。

はたと我に返って、慌ててドアを閉める。

「おやすみなさいっ」

怒鳴るように返して、閉まったドアに鍵《かぎ》をかける。廊下から、クスクスと愉快そうな笑いが聞こえた気がしたが、このドアを開けてたしかめる気力もなく、佑季はヨロヨロとソファに辿り着いて、その場にへたり込んだ。

「び、びっくりした……」

あのまま部屋に入られていたら、自分はきっと……と考えて、きっとのあとになんとつづけるつもりなのかと、自分の思考にパニクる。

ひとしきり赤くなったり青くなったり、ひとりで百面相をしたあとで、どっと疲れを感じてソファに上体を投げ出し、深いため息をつく。

「昨日はもっと強引だったのに……」

今夜は、揶揄われただけだった。

無自覚に呟いた言葉の内容に、自分自身で打ちのめされて、クッションに顔を埋める。

「何言ってんだろ、僕……」

ダメだと拒んだのは自分だし、そもそも男同士で許嫁なんて冗談でしかないと思っているし、自分はともかくウォルフはどんな美女もよりどりみどりのはずで、何も好き好んで自分など相手にしなくてもいいはずで……。

己の思考が、予定外の方向に傾いていることに気づく。

いや、問題はそこじゃないだろうと、胸中で己にツッコんで、佑季は大きなクッションを抱いたままソファの上で正座した。

一度、大きく深呼吸をする。

ウォルフが嫌いなわけではない。会ったばかりだけれど、犬たちや周囲の人々への接し方から、ひととなりはすでに充分わかっている。

包容力があって、行動力もあって、皆に慕われている。使用人たちや保護施設で出会った人たちの口から語られる人物像はもちろん、何より犬たちの様子が、佑季にウォルフという人間を教えてくれている。

「嫌なわけじゃ、ないけど……」

そんな呟きは、やっぱり無自覚にこぼれ落ちたもので、それに気づいて佑季は誰に見られるわけでもないのに、真っ赤になっているだろう顔をクッションに埋めた。

「どうせ冗談に決まってる」

こんな城に住む元貴族の家柄の当主が、自分などを相手にする必要性が見出《みいだ》せない。自分はただの獣医だし、それだって中途半端に逃げ出したポンコツだし、あの美貌に並べるような見てくれでもない。

きっと揶揄っているだけだ。

金持ちの暇つぶしに違いない。

うん、きっとそうだ。

そう自分の内で結論づけて、ようやくクッションから顔を上げる。

そして、部屋の様子が昨夜と違うことに気づいた。暗い森の景色が見えない。動かないと思っていた重そうなカーテンがきっちりと引かれている。

「飾りじゃなかったんだ、これ……」

そして気づく。

――ウォルフさんが？

佑季が頼んだわけではない。きっとウォルフが気づいて、レーマンに指示してくれたに違いない。

意地悪く自分を揶揄うかと思えば、何も言わずさりげない気遣いをしてくれる。胸の内がほっこり温かくなる感覚を覚えて、佑季は今度はぎゅっとクッションを抱いた。

「明日、あやまらないと」

今晩の態度と、祖父の冗談で振り回してしまったこと。

趣味人だった祖父同士の手の込んだ悪戯に惑わされる必要はないと確認して、非礼を詫びよう。

昨夜の件に関しては、酔った上でのことだと水に流せばいい。流された自分も悪いし、あれっきり忘れてもらえれば、それで……。

「……」

何も問題はない。

そのはずなのに、どうにもすっきりしない。

でも、何がすっきりしないのかがわからない。

シャワーを浴びて、寝てしまおう。そうしたら、停滞したシナプスがつながりやすくなっているかもしれない。

寝る前は少しぬるめのシャワーのほうがいいと聞くが、あえて熱いシャワーを浴びた。

四肢を投げ出してもあまりある広さのベッドだが、この夜、佑季が使えたのは反面のみだった。ベッドルームのドアを開けると、ベッドのど真ん中で、大きな猫が伸びていたのだ。それも三匹。サミーと、あと二匹。

「おまえたち、全部聞いてたのか？」

ウォルフとのやりとりも、自分の恥ずかしい独り言も。サミーが耳をピクリと反応させたが、眠いのか目を開けもしない。

「いたんなら、助けに出てきてくれたらよかったのに」

今度は、耳をピクリとも、ヒゲをひくりともさせない。

「無視しないでよ」

聞いてたのなら、最後まで話に付き合ってくれてもいいだろう？

撫でているうちに、掌から伝わる動物の高い体温が眠気を呼ぶ。

爆睡するサミーを抱いて一緒にベッドに入る。だがどうしたことか、ベッドに入ったとたんに睡魔がどこかへ消えてしまった。

代わりに、ウォルフの顔が浮かんでは消えて、ますます眠れなくなる。

贈られた薔薇の花束が、濃く甘い香りを寝室に充満させているのも、いけなかった。

悪戯な色をたたえた碧眼ではなく、昨夜の欲を孕んだ青い瞳のほうが思い起こされるのはどうしたことか。

腕のなかのサミーの体温にすがるように、温かい軀を抱きしめる。サミーがゴロゴロと喉を鳴らす音を子守唄に、佑季はようやく眠りに落ちた。

3

犬舎の掃除をする手を止めて、どうにも止まらないあくびを嚙み殺す。

早い時間にベッドに入ったはずなのに、どうにも寝不足感が否めないのは、夢のなかでまで、悪戯な紳士に振り回されているためだ。

——夢のなかでまで揶揄うことないのにっ。

つまり、夢のなかだけでなく現実でも、同じ状況にある、ということだ。

今日は特別にちょっと恨めしい気持ちを抱いてしまうのは、朝から心臓に悪い思いをしたため。

瞼越しに感じる朝陽に目覚めを促され、サミーのザラザラとした舌に頰を舐められて、朝からベッドを軋《きし》ませる存在は、ここのところ毎晩佑季のベッドを寝床にしている大型の猫たちの体重だとばかり思っていたら、「おはよう」という甘い声とともに額に触れるものがあったのだ。

やさしく髪を梳《す》く指の心地好さに任せて二度寝を決め込んでしまえばよかったのだが、そうする勇気がなかった。

「アマンダが朝食にパンケーキを焼いてくれたよ」と間近に甘く囁かれ、せっかくの料理が冷めてしまったら申し訳ないと思ったら、ブランケットに埋めていた顔を上げないわけにはいかなかった。声だけで赤面させるって、どんな特技だろう。

ダッチベイビーという名で最近日本でも流行《はや》りのジャーマンパンケーキは、生地がサクサクしていてとても美味しかったのだけれど、でも眠い。

ドッグランでハンドラーの訓練を受けている犬たちが戻ってくるまでの間に、犬舎の掃除を終わらせなくてはならない。

排水設備も完璧な犬舎だから、掃除もしやすくて、働いていた動物病院の入院用ケージの掃除に比べたら断然楽なのだが、いかんせん広いから、それなりに時間はかかる。

訓練を見たい一心で、手際よく犬舎の掃除を終える。

広いドッグランでは、一般的な犬の躾教室で見るのとはまるで違う光景が展開されていた。

ハンドラーの指示があるまで、ぴしりと姿勢を崩すことなく待つ十一頭のシェパードが一列に並ぶ様子は壮観だ。

一番ハンドラーに近い位置にいる、ひときわ大きな一頭がエルマーで、エルマーとは反対側にいるのが、真っ白なスイス・シェパードのレオニーだ。

ドッグランを囲む柵の外、少し離れた場所からエルマーたちの訓練の様子を見学させてもらうことにする。

彼らは愛玩犬として飼われているのではなく、そもそもはこの城の警備犬だ。エルマーがいかに賢くておとなしくても、いざことあれば牙を剝《む》くように訓練されている。

犬たちの訓練風景を眺めているだけでも楽しくて、佑季は自然と口角が上がるのを感じた。働いていたときは、動物と接していても、ついつい厳しい表情をしていたように思う。

緑豊かな空の広い土地で、澄んだ空気のなかで、健全に訓練を施された犬たちや、自由気ままに自然のなかを闊歩する猫たちと触れ合ううちに、ごく自然と表情筋がゆるんでくるのだ。

芝生を踏む音がして、柵に身体を預けた恰好で首を巡らせると、午前中は抜けられない仕事があると言っていたウォルフが、スーツ姿でそこにいた。

「着替えておいで。出かけよう」

「お仕事は？　いいのですか？」

佑季は澄んだ青い瞳を見返すだけでもドキドキするのに、ことあるごとに佑季を揶揄っておきながらウォルフはまるで平然としていて、ちょっと理不尽な気持ちになる。

自分ばっかり心乱されて、ウォルフにとってはたいしたことではないと言外に言われているような気がしてしまう。

佑季だって、まったく何も知らない子どもではないけれど、でも経験値の差を見せつけられているようでもあって、同じ男として嫉妬と憧憬を覚えずにはいられない。

「仕事以上に重要な案件が入ったのでね」

含みのある口調に佑季が首を傾げる。ウォルフは愉快げに言葉を継いだ。

「先方は、佑季にぜひ会いたいとおっしゃられている」

「僕に、ですか？」

ドイツに知る人などいない自分になぜ？　と言いかけて、「もしかして」と目を瞠る。

「ひとまず退院できることになったそうだ」

その言葉を聞いて確信した。

館を抜け出したときに偶然助けた盲導犬のことだ。

「盲導犬としては？　これからも働けるのですか？」

「そのあたりは直接尋ねるといい」

佑季に感謝してもしきれないと、あのとき助けた老婦人がぜひランチを一緒に、と連絡をくれたというのだ。

「さあ、お待たせしては申し訳ない」

途中でお土産を見繕っていこうと言われて、「はい！」と大きく頷く。

「エルマー！」

ちょうどひとおりの訓練を終えたタイミングの犬をウォルフが呼ぶ。

「Komm!《来い》」

呼ばれたエルマー以外は微動だにしない。

コマンドを与えるハンドラーとは別に、絶対的な存在としてウォルフを認識しているのか、エルマーの動きに迷いはない。まっすぐにウォルフのもとに駆けてくる。

佑季は急いで部屋に戻ると、少し迷った挙句、お世話になる家に失礼がないようにと持参していたジャケットスタイルに着替えた。

ジャケットといっても堅苦しいものではなく、この恰好でエルマーの散歩をしていても、誰も妙には思わないだろう程度のものだ。

犬の保護施設に出かけたときは、カジュアルな服装でツーシーターのスポーツクーペのステアリングを自ら握ったウォルフだったが、今日はスリーピーススーツに少し華やかさのある柄のネクタイを合わせ、車はドイツが誇るスリーポインテッドスターの最上位車種を、運転手はつけず、自らドライヴィングシートに座る。

エルマーは後部シートに、佑季は助手席に乗るように促された。

まず最初に車が向かったのは、旧市街を抜けた先、歴史ある建物を活かした洒落《しゃれ》た雰囲気のセレクトショップの並ぶ一角だった。

エルマーを車で留守番させ、佑季をともなってウォルフが足を向けたのは、なかでもこぢんまりとした一軒の店。

だが、一歩足を踏み入れただけで、こだわりと審美眼を持った店主が世界中から集めてきたのだろう、ブランドの枠に囚われない逸品のみを扱う店であることが、ファッション雑貨にさほど詳しくない佑季にもわかった。

「いらっしゃいませ、お待ちしておりました」

奥から出てきた、ウォルフよりひとまわりほど歳上だろう品のいい紳士が腰を折る。

「ご要望に添うものをいくつか見繕わせていただきました」

こちらへ……と案内されたのは、いわゆるＶＩＰルーム。

ソファセットと、スタイリングされたトルソー三体が並ぶだけの、シンプルな部屋だ。ソファを勧められて腰を下ろすと、若い女性スタッフがやさしい香りのハーブティーをサービスしてくれる。次いで、先ほど出迎えてくれた紳士がやってきて、手にした品をテーブルに広げつつ、トルソーを示した。女性スタッフが数人やってきて、手にしたものをトルソーにあててみせる。

「お電話でお伺いしたイメージでスタイリングしてみましたが、想像以上にお可愛らしい方で、少し修正をさせていただきます」

そう言って、右端のトルソーに着せかけてあるトップスの色を、ダークブルーからピンクへ変える。

中央のトルソーはジャケットをより明るい色に変え、左側のトルソーはパンツの色を変える。

「いかがでしょう？」

「右だな。ジャケットはもう少し軽やかなものはないか？」

ウォルフの希望で、ジャケットがもう少しだけカジュアルなものに変更される。佑季も、ウォルフのスタイリングのほうがいいな、と思った。

けど、老婦人へのお土産ではないし、ウォルフのイメージではないし、これは……？

「着てみるといい」

「……？　は？」

僕？　と、自分を指さす。

「こちらへ」と、紳士がフィッティングルームへ案内してくれる。試着室といっても、日本でよくあるものの数倍の広さがあって、三面が鏡ばりになっている。

断れない雰囲気に気圧《けお》されて、言われるままに上から下まで着替える。靴まで用意されていて、足を通すと、とても新品とは思えないほどはき心地が好くて驚いた。

「ほお……」

フィッティングルームを出て、ウォルフの前に立つ。

「あの……」

これは？　と恐縮していると、背筋を伸ばすようにとウォルフの大きな手が背にあてがわれる。背筋を伸ばして立つと、「大変お似合いです」と、店員が満足げに頷いた。

着替えるときにこっそり値札を確認しようとしたが、どれにもついていなかった。だがブランド名は確認できて、どれもこれもスーパーブランドの品ばかり。普段、ブランド品とは疎遠の佑季には、価格帯を想像することもできない。

「素敵ですけど、僕にはとても……」

買えない……と、つづけるより早く、ウォルフがありえない発言をする。

「いいな。これにしよう」

着ていくから、脱いだものを包んでほしいと店員にオーダーをする。「え？」と目を瞠っていると、さらに言葉が足された。

「そっちもいただこう。真ん中のトップスは、ほかに何色か見繕ってくれ」

「かしこまりました」

佑季が言葉を挟めないでいるうちに、ウォルフがどんどん決めてしまう。佑季が持っているカードの限度額など高が知れている。全部支払えるとは思えない。

ウォルフには、庶民の買い物感覚がわからないのだ。きっとそうだ。止めなくては。

「あ、あの……っ」

せっかく選んでもらって恐縮なのですが……と、言葉を探してまごついている間に、「のちほどお屋敷のほうへお届けにあがります」と、佑季が知る限りでは聞くことのない言葉とともに買い物が終わってしまった。

こういう場面でブラックカードが登場して驚く記述は、フィクションでよく見かけるけれど、カードすら登場しないのかと、佑季はもはや言葉もない。

「ほかに欲しいものはないか？　バッグとか時計とか——」

「も、もう、充分ですっ、てゆーか、買えないんで……」

情けない話ですけど……言葉を濁す。今度はウォルフが目を瞠る番だった。

「全部プレゼントだ。欲しいものを選べばいい」

「……!?　い、いただけませんっ、こんなブランド品……」

合計いくらになるのか……たぶん佑季が獣医として働いていたときの月給ではまかなえないのではないかと想像する。

「気にすることはない」

「そ、そういうわけには……」

「未来の夫からのプレゼントだ。私のものは全部きみのものだ」

騒がしいショッピングモールで会話しているわけではない。静かなＶＩＰルームには店員の目も耳もあるのに。

「……っ！」

ぎょっとして、つい店員たちの様子を確認してしまった。澄ました顔でニコニコしているが、胸中では何を考えているかわからない。

「き、聞かれて……っ」

こんな場所で……と、小声で諌める。だがウォルフは、まるで頓着しない。

「そうだった。私はふられたのだったな」

許嫁に逃げられそうになったのだったと、冗談でも笑えないことを言う。

「ふっただなんて……だって……」

許嫁なんて、寝耳に水だったのだから。逃げたのは、酔った勢いであんな恥ずかしいことをしてしまって、ちょっと怖くなってしまったのだ。

「なるほど。脈アリと思っていいのかな」

「……それは、その……」

第三者の目も耳もあるこの場で、なんと返すのが無難なのか。ウォルフに恥をかかせるつもりはないし、かといって頷くわけにもいかない。

さすがに高級店の店員だけあって顔に出すようなことはないが、ウォルフの素性が知れている以上、釣り合わない外国人を連れていると思われているに違いないのだ。肯定できるわけがない。

「釣り合わないし……」

愚痴のような呟きは日本語だった。

「佑季は可愛いよ」

「……っ!?」

わからないと思ったからそうしたのに、日本語で返されて驚く。しかも、外国人特有の妙な抑揚のない、流暢《りゅうちょう》すぎる日本語だ。

「日本語……」

こんな綺麗な日本語が話せるのなら、自分が拙い英語で懸命にコミュニケーションを図ろうとしていたのはなんだったのかと思えてくる。またも拗ねたい気持ちに駆られて、佑季は眉間に皺《しわ》を刻んだ。

「日本語のほうがよければ、今後はそうしよう」

佑季の英語がうまかったから、英語でいいのだろうと判断していたが、確認するべきだったと詫びてくれる。ただ、館の使用人たちはドイツ語と英語しか話せないから勘弁してほしいと捕足された。

「英語で大丈夫です」

ウォルフの言動があまりに板につきすぎていて、いらぬ想像を働かせてしまった。

女性にねだられてドレスやバッグを買うことなど、ウォルフにとっては特別でもなんでもない、よくあることなのだろう。

そんなことを思ったら、奇妙な息苦しさを覚えて、佑季はぎゅっと胸を押す。

——なんか、痛い……かも。

自分の反応に自分で首を傾げながら、佑季は「ありがとうございます」と、ウォルフの好意を受け取ることにした。

「佑季」

力強い手が、佑季の肩を抱く。そして、普段ほとんどスタイリングをしたことのない佑季の髪を、手櫛《てぐし》でやさしく整えた。

トクンッと、心臓が鳴る。

スッと、胸の痛みが消えた。

「一緒に選んでくれるかな」

ウォルフが佑季の視線をテーブルへと促す。そこには、最初に店員が部屋に入ってきたときに広げたものがあった。

「ご婦人のお見舞いにストールはどうかと思うんだが、どちらの色がいいと思う？」

ひとつはモスグリーンを基調とした柄、もうひとつはベージュ地にピンクの差し色が暖かな印象。

佑季は迷わずピンクを選んだ。

「こちらを包んでくれ」

「かしこまりました」

着替えたもの以外は、佑季が脱いだ洋服も含めて館に届けてくれるというので、老婦人へのお見舞いの包みだけを手に店を出る。

車に戻ると、待ちくたびれたらしいエルマーは、躯を伏せて寝ていた。それでもウォルフの足音を聞き分けるのだろう、すぐに顔を上げて、嬉しそうに尾を振る。

いつもはしないお洒落をして、助けた盲導犬と飼い主の老婦人のお見舞いに行く。

旧市街の外れに、一軒のニット専門店。

その店のドアを開けると、あの日、老婦人を迎えにきた女性がレジの奥から出てくる。ここは彼女の店で、手編みのニット商品の専門店だという。

「母が編んだものも、置いてるんですよ」

老婦人の手編みのニットは、とても評判がいいという。

日本に帰る前に、お土産を買いにこようと決めた。

「お忙しいところ、わざわざ足をお運びいただいて申し訳ありません。母はお礼に行きたいと言ったんですが、盲導犬を連れないで外出させるのは不安で」

言いながら、店をスタッフに任せ、佑季とウォルフを裏手へと案内してくれる。小径《こみち》が、ハーブガーデンに囲まれた雰囲気ある家に通じていた。老婦人の家だ。

佑季とウォルフが訪ねてくれたと聞くと、老婦人は編み物の手を止めて、満面の笑みでふたりを出迎えてくれた。

「あの子を助けてくれて本当にありがとう。リンザーの若様にまで足をお運びいただいてしまって」

老婦人が満面の笑みなのは、愛犬を助けてくれた佑季に再会できたという理由はもちろんあるが、それと同じくらい、ウォルフの存在が大きいと、佑季はすぐに気づいた。

老婦人はもちろん、その娘の言動からも、この土地に生きる人々が、かつては領主だったリンザー家に対して、今も変わらず深い敬意を抱いていることがわかる。

「お庭で摘《つ》んだハーブでつくったのよ、召し上がれ」

家のつくりは頭に入っているのか、老婦人は目が見えていないとは思えない慣れた手つきでお茶を淹れ、手作りのシュニッテを出してくれる。シュニッテとは、鉄板で焼いて四角くカットした焼き菓子のことで、クーヘンの生地を鉄板に流して焼けばシュニッテになる。

老婦人が出してくれたものは、庭で摘んだハーブがたっぷり使われた素朴な味わいで、オリジナルでブレンドしているというハーブティーとの相性も抜群だった。

「美味しい！」

佑季の声に、「それはよかったわ」と微笑む。

その老婦人の横、ソファに敷いた毛布の上で、佑季が助けた盲導犬が軀を伏せている。家のなかだからか、今の自分に務めは果たせないとわかっているのか、使役犬の顔ではなく、ペットの顔をしているように思えた。

肢に巻かれた包帯が痛々しいが、盲導犬を引退しなくてはならないような大怪我でなくて本当によかった。

佑季たちと一緒に車を降りたエルマーが、部屋に招き入れられてすぐに、怪我をした同類に対して気遣うような表情を見せたのが印象的だった。そのエルマーは今、ウォルフの足元で軀を伏せている。

「助けていただいて、本当に感謝しています。この子のいない生活なんて、考えられないもの」

「大切なパートナーなのですね」

「ええ、私の目であり、家族なのよ」

老婦人は、本当に愛《いと》おしそうに相棒の頭を撫でる。ウォルフに連れていかれた保護施設に、退役した使役犬のケージがあったのを思い出した。

この老婦人が、今現在の相棒である盲導犬をどれほど愛していても、加齢や病気や怪我などの理由で盲導犬をつづけられなくなったとき、この関係は切らざるを得なくなる。

普通のペットと飼い主の関係とも違う、盲導犬をはじめとする使役犬と飼い主やハンドラーは、一種独特の強い絆《きずな》で結ばれているように思う。

「この子と出会えたのも、若様のおかげです」

「私は何もしていないよ」

どういう意味だろうかと訝る佑季に、老婦人が盲導犬の頭数が充分とはいえない話をしてくれた。

「若様のお計らいで、訓練頭数が増やされていなければ、私はこの子と出会えなかったのよ」

盲導犬の頭数を増やす活動をしているウォルフの資金提供や働きかけがなければ、自分にまで盲導犬は回ってこなかっただろうというのだ。

保護施設を運営しているだけでなく、盲導犬の活動にも寄与しているのかと驚く。

「犬は、大切なパートナーだからね。ときに、命をも救ってくれる」

物理的にも、精神的にも、とウォルフが言う。

——命……？

たしかに自分も小さなころ、犬に助けられたことがある。

——……？　あれ？

なんだろう、この記憶は。

——なんだっけ？　そんなことがあったような気がしたんだけど……でも、記憶にないし……。

「佑季？」

ウォルフが佑季の様子をうかがうが、すぐに老婦人に意識を戻した。

「若様によくしていただいて、もう思い残すことはありません。あの世で待ってるうちの人に、いい土産話ができました」

そんなふうに言って涙ぐむ。

「まだまだ元気でいてもらわなくては。あなたのニットにはファンが多いと聞きます」

「私が死んでも、私が編んだものはずっと先まで残りますから」

それでいいんですよ、と穏やかに言う老婦人の表情が本当に満たされていて、こういう生き方もあるのだと佑季は感嘆した。忙しい日本で生きていると、何が本当に大切なのか、忘れてしまっているように思う。

「でも、そうねぇ。リンザーのお世継ぎ誕生の報《しらせ》を聞いてから、天に召されたいわ」

それだけが気がかりだと、老婦人は穏やかに言う。

この土地から出ることなく生きてきたのだろう、老婦人の言葉は、ごくごく自然な願いであり、彼女がごく一般的な価値観の持ち主であることを教えるものだった。

――……っ。

思わず息を呑んでいた。

「朴念仁《ぼくねんじん》な当主で申し訳ない」

老婦人の言葉に、ウォルフが少しおどけた調子で返す。

「お立場上、奥方様がいらっしゃらないとお困りになる場面もおありでしょうに」

老婦人は、至極当然と言う口調であたりまえの価値観を語った。

「女心は難しくてね、マダム」

「あらまあ、リンザーのご当主ともあろうお方が、情けのうございますよ」

楽しげに笑う、老婦人のやわらかな声さえもが、なぜか胸に突き刺さる。老婦人の話に相槌《あいづち》を返す頬が引きつるのを感じて、佑季は懸命に笑みをつくった。

帰り際、老婦人はウォルフと佑季に手編みのニットをプレゼントしてくれた。ウォルフにはマフラー、佑季には手袋を。セーターを編む時間がなかったからと残念そうに言う。

「たいせつにします！」

まだ手袋が必要な季節にはずいぶん早いが、嬉しくてさっそくはめてみる。

「いい色だ」

よく似合うというウォルフの言葉を受けて、つい「似合いますか？」と老婦人に笑みを向けてしまった。

直後、しまったと思って、佑季は言葉を失う。老婦人には、見えないのに。

「す、すみませ……」

佑季がどっぷりと自己嫌悪に陥るまえに、とうの老婦人が引き上げてくれた。

「あやまらないで。ちゃんと見えているわ。あなたが素敵な笑顔を向けてくれていることがわかるもの」

見えなくても、空気を伝ってわかるのだという。

「ありがとう。また遊びに来てちょうだい」

お菓子を焼いておくからと、手を握ってくれる。社交辞令ではない誘いの言葉に、ますます心苦しくなりながらも、佑季は「はい」と頷いた。


帰りの車中で、佑季は終始無言だった。

せっかくの外出だったのに、どうにも高揚しきらない気持ちのわけとか、老婦人の言葉とか……。

いろいろ考えてしまって、会話する気になれなかったのだ。

ウォルフも、無駄話をするタイプではないようで、あるいは佑季の感情が沈んでいることを察してあえてそうしていたのか、何も話さない。

代わりにエルマーが、助手席に移動してきて、佑季の足の間に軀を押し込んできた。顎を佑季の太腿に乗せる恰好で、上目遣いに見上げてくる。

慰めてくれているのだ。

佑季自身が、自分の感情を理解しかねて持て余しているというのに、エルマーは佑季のテンションがダウンしているのを察して、ただ温めようとしてくれる。

――ありがとう。

胸中で礼を言って、首をぎゅっと抱きしめる。

エルマーは小さく鼻を鳴らして、ふさふさの尾を振った。エルマーの体温を感じているうちに、いくらか気持ちが浮上する。

信号で停車したタイミングで、ステアリングを握るウォルフが手を伸ばしてきて、エルマーをくしゃりと撫でる。エルマーは満足げに目を細めた。

「特等席だな」

羨ましいことだと微笑む。

ウォルフにとっては冗談でしかない言葉なのだろうが、佑季にはそれではすまなかった。

思わせぶりなセリフを軽い口調で言われているような、一方で小さな子ども相手にいなしているような、どちらにしてもチクチクと胸を刺す言葉だ。

――なんか、やだな……。

お出かけ自体はとても楽しかったのに、せっかくウォルフがセッティングしてくれたのに、勝手な思いでテンションを下げている自分が嫌だ。

「甘えん坊だね、エルマー」

エルマーの艶やかな毛並みを存分に撫で、耳や鼻、口のなかなど、健康チェックをして、エルマーにかまける振りで、車内の時間を過ごした。

「怪我が治ったら、一緒に遊べるといいね」

盲導犬の肢の傷が治ったころに老婦人宅を再訪して、そのときには一緒に遊べたらいいとエルマーを撫でる。ドッグランを駆けるのがいいか、ボール遊びがいいか。

「エルマーはフリスビーも得意だ」

ウォルフの言葉を受けて、佑季は「楽しそう！」と微笑んだ。

「いいね！　フリスビーにしよう！」

ディスクドッグとも呼ばれるフリスビードッグは、競技会も行われている、犬と飼い主がペアで行うスポーツだ。

「フリスビー持って行こうね！」

佑季の提案に、エルマーはふさふさの尾を振って、「わふっ」と応じた。ひとりと一匹のやりとりを横目にうかがって、ウォルフも微笑ましげに口角を上げる。

――よかった。ちゃんと笑えた。

ウォルフのまえで、可愛げのない表情を晒《さら》していたくない。

——こんなによくしてもらっているのに。

館に戻ったら、犬舎で犬たちに無心でブラッシングをしよう。そうして、一度気持ちをリセットしよう。……どういう感情をリセットしたいのかは、よくわからないけれど。

館に着いて、車を降りようとしたら、先に降りたウォルフが回り込んで、自ら助手席のドアを開けてくれる。手を差し伸べられて、どうしたら……と考えるより早く、手を取られて引かれる。勢い余ってウォルフの胸に倒れかかってしまって、慌てて蹈鞴《たたら》を踏むものの、身体を支えきれなかった。

ウォルフの胸に囲い込まれる恰好で抱きとめられて、驚きのあまり言葉を失う。

「佑季？」

大丈夫かい？　と、碧眼が気遣わしげに佑季の表情をのぞき込んでくる。

「足をくじいたりしなかったかい？」

少し力が入りすぎてしまったと詫びてくれる。

「は……い」

ならよかったと、大きな手が髪を梳く。

鼓動が速まってうるさい。顔が熱い。

冗談にしか受け止めていなかったはずの許嫁という言葉に、すっかり惑わされている自分がいる。

こんなのきっと、小さな子どもを気遣うのと同じ気持ちでやっているに違いないのに。その証拠に、ウォルフの手は、すぐに離れてしまう。

もっと撫でて欲しかった、と考える自分に気づいて、今度はドクリと心臓が聞き慣れない音を立てた。

4

十一頭の犬にブラッシングをするのは重労働だ。時間もかかる。

佑季がエルマーにブラッシングをはじめたら、訓練を終えてドッグランで自由に遊んでいた犬たちが、自分も自分もと寄ってきて、大きな犬たちに囲まれてしまった。

「順番にね」と言い聞かせ、丁寧にブラッシングを施すものの、やはり数頭が限界で、手が回らなかった犬たちに飛びかかられ、佑季は芝生に転がった。

「こら！　くすぐったい！　わかったよ！　明日ね！　全員やってあげるから！」

仲間にじゃれつかれて楽しげな悲鳴を上げる佑季を、エルマーとレオニーは、すぐ傍で軀を伏せて眺めている。危険はないとわかっているのだ。

「大丈夫ですか？　佑季さん？」

驚いて犬舎から駆けてきたハンドラーたちが、犬たちを引き剝がしにかかるものの、佑季が楽しそうに笑っているのを見て、ホッと肩の力を抜く。

「こいつら、すっかり佑季さんに懐いちまいましたね」

「俺らのコマンド忘れてないだろうなぁ」

ハンドラーたちの嘆きに、また声を上げて笑って、佑季はエルマーを呼び寄せた。

ぎゅむっと首を抱きしめて、「落ち着く」と頬ずりをする。どういうわけかエルマーに触れているときが一番落ち着くのだ。この群れのリーダーだからというだけではないように思うが、理由はわからない。

「そうそう、近々こいつの仔が、母犬と一緒に戻ってくるんです」

レオニーの頭を撫でて、ハンドラーが言う。レオニーは真っ白なスイス・シェパードだ。

「仔犬!? えー、おまえパパだったの!?」

レオニーを呼び寄せわしゃわしゃと首を撫でてやると、どこか誇らしげに鼻を上げる。

絶対に可愛いに違いない。

「会いたいです！」

楽しみ！ と、抱きしめる。すると、妬きもちを焼いたのかエルマーが、自分を構えというように、佑季とレオニーの間に鼻先を突っ込んできた。

ナンバーツーのレオニーは、エルマーに場所を譲る。

「なに？ ヤキモチ？」

可愛いなぁ、とエルマーの首を撫でる。

「へぇ……旦那さまがレオニーを構ってても、こんなことしないのに」

「旦那さまこそが、こいつらにとってはアルファだからな」

アルファというのは、そもそも狼の群れにおいてリーダーを表す専門用語だ。人間が狼を飼い慣らしている例があるが、あれは彼らが人間をアルファと認識しているために可能となる。

アルファ狼が存在する群れを人間に慣らすことは難しいが、人間がアルファとなって狼の群れの統率に成功した例は多い。

犬も狼同様に群れで行動する動物だから、とくに野性味の強い犬種の場合、飼い主やハンドラーがアルファとなることで、群れの統率を可能にできるのだ。

「先代ご存命のころから、個々の犬たちは旦那さまをリーダーと認識してたからな」

一番年嵩《としかさ》のハンドラーが言う。

「それって、ウォルフさんが子どものころから、ってことですか？」

「ええ、退職された先輩からそう聞いてますよ」

エルマーやレオニーが自分に懐いてくれるのは、ウォルフがそれを許容しているためだと、佑季は理解した。

「旦那さまが佑季さんを大切にされているのを、犬たちは感じ取って、理解しているんでしょう」

動物は人間の感情を理解する。

ハンドラーのひとりが、なんとなく口にした言葉に反応して、胸がトクリと音を立てる。佑季は左右の腕にエルマーとレオニーを抱いて、熱い頬を隠した。


ディナーのテーブルにつくのがギリギリになってしまったのは、シャワーを浴びていたから。犬たちにブラッシングしていたら、抜けた毛まみれになってしまって、とてもではないがそのままディナーというわけにいかなかったのだ。

「すみません、お待たせしてしまって」

慌ててテーブルにつこうとすると、タブレットでニュースサイトに目を通していたらしいウォルフが、何かに気づいた様子で腰を上げる。

「濡れたままでは風邪をひいてしまう」

タオルドライしたつもりだったが、佑季の髪がまだしっとりと濡れたままであることに気づいて、アマンダにタオルを持ってきてくれるように言う。

「だ、大丈夫です、これくらい……」

「急がなくていい。さ、ちゃんと拭いて」

そう言って、佑季を窓際のチェアに座らせると、アマンダから渡されたタオルで髪を拭いてくれる。

「自分で……」

自分でできると、手を伸ばすも、じっとしているようにと言われて、おとなしく座っているよりほかなくなる。

「細くて綺麗な髪だ。サミーの毛のようだな」

ウォルフの発言を受けて、アマンダがクスリと笑みをこぼす。

「サミーをお風呂に入れようとして、引っかかれてらしたのは、いつのことでしたでしょう」

「雨上がりに散歩に出て、真っ黒になって帰ってきたのだから、しょうがなかった」

あのままでは館に入れられなかったのだから、と交わされるやりとりを聞いて、佑季は自分は猫か……と、胸中で呟く。

ウォルフにとっては、サミーの毛の手入れをしているのと同じらしい。

しっかりとタオルドライしたあと、ウォルフの長い指が手櫛で乱れた髪を整えてくれる。地肌を撫でる指の感触が心地好い。もう少しこうしていたいな……と思ったころに手が離れて、佑季は心地好さから瞑っていた瞼を開けた。

背後を振り仰ぐ。

ウォルフの大きな手が頬を撫でる。

「食事にしよう」

一日中動きづめで空腹だろうと、碧眼がやさしく微笑む。

ウォルフにエスコートされて、テーブルにつく。貴婦人のように椅子を引かれて腰を下ろす。

「犬たちはすっかりきみに懐いたようだ」

執務室から、犬たちに囲まれている様子が見えたとウォルフが言う。

「レオニーの赤ちゃんに会わせてもらう約束をしました」

犬舎の犬たちと別にされていた母子が戻ってくると聞いたと言うと、ウォルフは「そろそろだったな」と頷いて、「健康チェックを頼む」と返してきた。

「適性を見分けて、訓練計画を立てる必要がある」

「訓練？」

「うちに残して警備訓練を受けさせるか、盲導犬や聴導犬のほうが向いているか、あるいは家庭犬としての訓練を受けるか。同じ母犬から生まれても、一頭一頭性格が違うからね」

見極める必要があるという。

エルマーやレオニーも生まれたときに適性を見て館に残ったのだという。兄弟は警察犬や家庭犬として、おのおの里親に引き取られたと説明された。

「保護施設のお手伝いもしたいし、やりたいことがいっぱいです」

「時間ならいくらでもある。ひとつひとつ、こなしていけばいい」

ウォルフは、時間は無限だというが、実際はそうではない。観光ビザには期限がある。何より、いつまでもお世話になっているわけにもいかない。

この日は、ウォルフの言葉どおり、一日中動きづめだったせいか、デザートがサービスされたころには、佑季はまるで赤子のように目をしょぼしょぼさせていた。

食事とともに口にしたワインの影響もあったかもしれない。疲れている日に、アルコールは避けるべきだった。

カトラリーを手にした恰好のままうつらうつらしていたりしたら、本当に子どもだ。それは避けたいと思うほどに、強い睡魔が襲ってきて、佑季は食後のハーブティーをいただくのもそこそこに、腰を上げた。

佑季の瞼が今にも閉じかけているのを見て、ウォルフが微笑ましげに苦笑し、部屋に送ってくれる。

「大丈夫……です」

「そうは見えないな。身体が熱い」

体温が上がってきているのは、子どもが眠りに落ちるときと同じ状態だ。

「ここで、平気です」

ドアのところで礼を言って部屋に入ろうとしたら、足元がふらつくのを見咎めたウォルフが、「大丈夫じゃないいな」と手を伸ばしてくる。

そして、ふわり……と身体が浮いた。

最初の夜を思い出して、胸がドクリと派手な音を立てる。

あの夜も、ろくに呑めもしないのに強いアルコールを口にして、そして……。

顔が熱く火照《ほて》るのを感じて、ウォルフの肩口に額を寄せる。

部屋を横切って寝室へ。広いゲストルームだが、ウォルフの長いストライドでは、あっという間に寝室に辿り着いてしまう。

どうしよう……と、焦りを覚えながらも、佑季はウォルフの首にしがみついて抗わなかった。

背中からそっとベッドに降ろされる。

大きな手が、まだいくらかの湿り気を残した髪を梳く。

ギシッとベッドが軋んで、端に腰を下ろしたウォルフが佑季の顔の横に手をつく。上から見下ろす碧眼は、照明のせいか暗い色で、妙に艶めいて見えた。

アルコールと睡魔によってとろみを帯びた眼差《まなざ》しで金髪碧眼美丈夫を見上げる。髪を梳く手が頬を撫で、首筋を伝って、ディナーのために着替えたシャツの襟元に辿り着く。

シャツのボタンを上から二つほど外されて、物理的な息苦しさから解放された。鎖骨を指先がかすめて、ゾクリと肌が粟立《あわだ》つ。

上体がかがめられて、反射的にぎゅっと瞼を瞑った。

額に熱が触れる。

その熱が、次いでどこに触れるのか。そんなことを考えていた佑季の耳に、低く甘い声が「おやすみ」と告げた。

——……え？

ぎゅっと瞑っていた瞼を上げると、やさしい光をたたえた碧眼とぶつかる。

そこに、最初の夜に見た強い光はなく、エルマーやサミーに向けるのと変わらない、ひたすらにやさしい色があるのみ。

「明日の朝はゆっくりするといい。朝食は遅めに、ブランチにしよう」

急いであれこれやる必要はない。

明日は犬たちのブラッシングのつづきをして、明後日《あさって》に保護施設を再訪して、明々後日《しあさって》には仔犬たちの健康チェック、というように。

「Gute Nacht.《おやすみ》」

今度は、ドイツ語で。シーツに投げ出していた手を取られ、指先に口づけながら。

今一度、佑季の髪を撫でて、ウォルフが腰を上げる。

その長身がドアの向こうに消えるまえに、ようやく「おやすみなさい」と返した。

閉まったドアをどれくらい見ていただろう。

朝まで開くことはないと諦めて、背を向けるまで、ずいぶんと長い時間、佑季はドアを睨んでいた。

ため息をつきつつ寝返りを打つ。この夜も、きっちりと閉められたカーテンが目に入って、最初の夜に目にした暗い夜の森の光景が網膜に蘇る気がした。

ぎゅっと瞼を閉じ、森の暗い色を忘れようと努めるものの、より鮮明に瞼の裏に浮かぶ気がして、佑季は頭からブランケットを被る。

サミーがベッドに忍び込んできてはくれないか。ほかの猫でもいい。誰か温もりを分けてほしいと思うのに、こういう夜に限って、一匹も来ないのはどういうことだろう。

あんなに眠かったはずなのに、睡魔はどこへ消えたのか。

暗い森のイメージを懸命に払拭しながら、佑季はひたすらに睡魔が戻ってくれるのを待った。

でもダメだった。

なかなか寝付けなかったおかげで、結果的に翌朝起きられなくて、ウォルフの提案どおりのブランチとなった。そのあと、佑季は犬たちのブラッシングをして過ごし、どうにも手が遅かったのもあって、気づいたら夕方になっていた。

その夜も、ウォルフは佑季を部屋まで送ってくれるものの、額にキスひとつを落として背を向けた。

保護施設を手伝ったり、仔犬たちの愛らしさに歓喜の声を上げつつ、体重を量るだけのことに四苦八苦したり。ウォルフの言うとおりに欲張りすぎない一日を過ごすことを心がけながら、佑季はリンザーの館で動物たちと触れ合う日々を過ごした。

毎夜、ディナーのあと、ウォルフは佑季を部屋に送ってくれるけれど、親愛のキス以上の接触はない。

許嫁だと言ったのに。

冗談がすぎる祖父の茶目っ気だと、最初に拒否したくせに、そんなことを思う自分がいる。

サミーを抱いて寝ても、カーテンの向こうに蠢《うごめ》く森の暗い色がどうしても瞼の奥から消えてくれなくて眠れなくなる。

結局、ぐっすり眠れたのは、最初の夜だけという状況に陥って、けれど佑季自身、それを自覚できていなかった。


ウォルフは、自室の窓から夜の闇に沈んだ森の暗い色を眺めながら、ショットグラスに注いだシュナップスを呷る。

自分には見慣れた、生活の一部となっている森の光景だ。

自然が、人間の力など及ばない恐ろしいものであることは有史以来変わらない事実だが、自然を神と崇《あが》める日本人の佑季と、自然を支配し開拓することで生きてきた民族の血を受け継ぐ自分とでは、感じ方が違うのだろう。

ウォルフは、佑季の繊細な感受性を好ましく思っている。自然をコントロールできるなどと思うほうが、そもそも烏滸《おこ》がましいことなのだ。

犬たちと触れ合う佑季を見ていると、その思いがより強くなる。

同時に、最初の夜に、唐突に湧き起こった感情も、より強く形を成すのを自覚した。

シュナップスをもう一杯、とボトルを取り上げたところで、足元をかすめる気配。うなぁうと、なぜか不服そうな鳴き声。

「やあ、サミー。佑季のところへ行ったんじゃなかったのかい？」

主人の問いに、賢い猫は立てた尾をひと振りするだけ。執務机のプレジデントチェアに腰を下ろすウォルフを横目に、ソファに飛び乗って、クッションの上で丸くなる。相手をしてくれる気はないらしい。それどころか、何かご不満な様子だ。

「賢いな、おまえたちは」

肩を竦めて、注いだ酒を呑み干す。

犬たちも猫たちも、人間の感情などお見通しなのかもしれない。

窓の向こうに目をやって、黒い影をなす森に目を細める。

すがりついて震える小さな手の冷たさを忘れられないのは、ほかの誰でもない自分だ。だからこそ、時間をかけたいと思っていた。

けれど……。

大人だからといって、かならずしも感情のコントロールが利くわけではない。

二十年も燻《くすぶ》っていた愛しさならなおさらだ。


レオニーの子どもたちは、当然ながら五匹とも真っ白で、コロコロと駆け回って一番愛らしい時期だ。

赤、青、緑、黄、紫のリボンでかろうじて見分けがつくほどによく似ているが、佑季はすぐに五匹の区別がつくようになった。

だからだろうか、母犬にも信頼してもらえて、仔犬の世話を任されている。

仔犬たちはすでに離乳しているが、日本と違って幼いうちに母犬と引き離すことが禁止されているために、母犬の傍でのびのびと育つ。

これからますます運動量が増える仔犬たちを、母犬だけで面倒を見ていては大変だ。母犬も疲れてしまうから、人間が手を貸してやる。

兄弟でじゃれ合っているうちに、危険な状態に陥らないように、動き回る仔犬たちを見ていなくてはならない。

リンザー家の事業は、当主のウォルフが日々オフィスに出勤して、会議に顔を出し、書類にサインをして……というものではないらしいが、その代わりに年に何度かは世界中を飛び回るために長く館を空けることがあるという。

あるいは、さまざまな相談事をもちかけるために世界中から訪ねてくる人がいたり、講演会やセミナーを依頼されて、国内外に出向くことは多いという。

レーマン曰《いわ》く、実業家としての顔で表舞台に立つことは好まないそうだが、動物に関わることであれば、その範疇ではないという。

今日も、ウォルフは相談役を引き受けている団体の会合があるといって、エルマーとレオニーを連れて出かけている。二匹ともを連れて出かけることは稀《まれ》で、今日は特別なのだと言っていた。つまりは動物関係の団体の仕事、ということだろう。

朝食は毎日向き合ってとり、その日の予定を報告すると、時間が取れるときはウォルフが付き合ってくれたり、車を出してくれたりする。

今日のように、抜けられないスケジュールが入っている日は、佑季が外出するのを好まないようだから、ウォルフが不在の日は犬舎の仕事を手伝っている。

なぜそう思ったかというと、ウォルフが不在の日に、ならその間自分も保護施設でみっちり働かせてもらおうと思ってお願いしたときに、それは明日にしようとか、別に頼みたいことがあるとか、話を逸《そ》らされ、受け入れられないことが何度かあったからだ。

自分をひとりにするのは頼りないからだろうかとか、いかにスタッフが好意的に受け入れてくれたからといっても、そもそも部外者の佑季を自由にさせるわけにいかないからだろうかとか、いろいろ考えたが、明確な答えは出なかった。かといって、馬鹿正直に聞くのもどうかと思い、そのままだ。

不服なわけではない。むしろその逆だ。

今日のように、館にウォルフの気配がない日は、少し寂しい。犬舎で仕事をしているときなど、常に傍にウォルフがいてくれるわけではないけれど、佑季がその日一日何をしていたか、ウォルフは全部把握していて、労《ねぎら》ってくれたり、話を聞いてくれたりする。佑季はそれが嬉しいし楽しいのだ。

今日は、ウォルフが帰ってきたら、仔犬たちの体重がずいぶん増えたことを報告しよう。

赤色のリボンの仔は活発で一番軀が大きいから、館に残して警備犬の訓練を受けさせてもきっと務まるように思うし、青いリボンの仔は好奇心旺盛な様子だから麻薬探知犬などの訓練を受けさせてはどうか、黄色のリボンの仔はおっとりしていてとてもやさしい気質だから、家庭犬のほうが向いているかもしれない。

獣医とはいえ犬の訓練に詳しくない佑季の勝手な印象だけれど、何かの参考になるかもしれない。ウォルフに話してみよう。

仔犬たちの相手をしながら、一頭一頭を観察して、佑季はそんなことを考える。

館の裏手には、犬たちの訓練を行うドッグランとは別に、広い芝生の空間がある。五匹相手に、めいっぱい身体を使って遊んで、息が上がった佑季は、芝生に転がった。

「はぁ……、疲れた～」

仔犬といえども、運動量は半端なく、思いがけず力も強い。さすがは大型犬の仔だ。

スイス・シェパードは、ジャーマン・シェパードより大型のわりに温和で扱いやすいと言われるが、もちろん訓練次第だ。作業犬としても優秀で、昨今災害救助犬として登録数を増やしていると聞く。

佑季が、「ちょっと休憩ね」と芝生に仰臥しても、まだまだ遊び足りないらしい仔犬たちは、佑季をおもちゃ代わりに、エプロンの裾を咥《くわ》えて引っ張ったり、身体の上に乗ってきたり、靴をガジガジと噛んだりと、まったく見逃してくれる気配がない。

「ちょ……だめだよ、かじらないで、大事なエプロンなんだから」

ウォルフに買ってもらったワーキングエプロンは、毎日重宝している。プレゼントの品だから大事にしたいのだけれど、使い勝手がよくて、つい手が伸びてしまう。

「もうっ、いたずらっ仔だなぁ」

エプロンを咥えて離さない赤いリボンの仔を抱き上げて、「いい仔にしてて」と撫でる。仔犬は小さく鼻を鳴らした。そして、ぷりんっと立てた尾を懸命に振る。

ふわふわの毛並みの仔犬たちは、一頭一頭が湯たんぽのようだ。一頭を構っていると、離れた場所で兄弟でじゃれ合って遊んでいたはずのほかの仔たちも集まってきて、自分も自分もと佑季の上に乗って遊びはじめる。

「ちょ……、重いよ、ダメだったら」

退けても退けても、またよじ登ってくる。何度か繰り返すうちに、佑季は諦めた。仔犬たちの好きにさせて、自分は芝生に大の字に寝転がった。

「ふふ……ふわふわであったかい」

仔犬の高い体温に包まれているうちに、なんだか眠くなってくる。

赤いリボンの仔は、佑季の腹の上ですっかり丸くなっているし、青いリボンの仔は佑季の身体に密着する恰好で、脇腹のあたりに軀を横たえている。首の横にいるのは紫のリボンの仔で、黄色リボンの仔は佑季の太腿にもたれかかっている。緑のリボンの仔だけが、頭の上あたりで丸くなっていた。兄弟それぞれ性格によるものか、場所が違って面白い。

芝生には、高く昇った太陽が暖かな陽を注いでいる。

仔犬たちがおとなしくなって、いまさっきまでの元気さは何処《どこ》へやら、揃ってうつらうつらしはじめている。

犬に限らず赤ん坊によくあることだ。仔猫でも、さっきまで遊んでいたのに、急に動きを止めたかと思ったら、その恰好のまま寝ていたりする。すとんっと眠りに落ちてしまうのだ。

「このままお昼寝するつもり？」

動けないじゃん……と、呟く声が甘く蕩けている自覚はある。

視界に映るのは、胸の上でくーくーと寝息を立てはじめた仔犬のふわふわの毛なのだから。丸い腹が呼吸に合わせて上下するのを見ていると、羊を数える以上に心地好い眠りに誘われる。

とくに昨夜は、あれこれ考えてしまって、うっかり寝るのが遅くなってしまったから。昨夜もやっぱり、ウォルフはおやすみのキスしかしてくれなくて、自分で拒絶しておきながら勝手な言い分だと自分で自分にツッコミながらも、佑季は「つまらなかったのかな……」などと考えはじめていた。

最初の夜のこと。

手を出してみたものの、年齢のわりに反応が子どもすぎてつまらなくて、期待外れだと思われたのかも。だから、そのあとはあいさつのキスしかしてくれないし、何処へ行っても何をしても子ども扱いなのは、そういう対象として見られていない証拠ではないのか？

老婦人が言っていたように、いずれは後継者をもうける必要のある立場なのだし、そもそも男の許嫁なんて、冗談でしかありえない。

マダムはとても素敵な人だった。あのマダムも、佑季に感謝の言葉をくれたマダムの家族も、リンザー家に敬意を払っていて、ウォルフに美人で聡明な夫人ができるのを心待ちにしている。マダムが悲しむ顔は見たくない。失望させるのはもっとつらい。

招待してもらった身で、リンザー家当主としてのウォルフの邪魔になるなんてしたくない。

子ども騙《だま》しのキスしかしてくれなかったなんて、不服に思うほうがどうかしている。そんな身のほど知らずな期待を抱くなんて……。

絶対に無理だとか、ありえないとか、許嫁と聞いたときには思ったのに。おじいちゃんのバカ！なんて、亡き祖父の軽率な行動を叱責したのに。

「へんだよね……」

呟く声は掠れていた。

仔犬たちの体温に包まれて、今にも睡魔に呑み込まれようとする思考下で、佑季は考える。

思わせぶりな態度はやめてほしいとか、もっとちゃんとキスしてほしいとか、最初の夜のことも、びっくりしたけど、パニクって逃げたりしたけど、でも正直に言えば嫌じゃなかったとか……。

老婦人と盲導犬を助けたことでうやむやになってしまったけれど、本心を言えば追いかけてきてくれて嬉しかった。

もう一度求められたら、今度は断れないし抗えないし、でもそれでもいいかも……と、心の何処かで思っていた。

でなかったら、本当に嫌だったら、その後も館にとどまったりしていない。

どんなに犬たちが可愛くても、保護施設が魅力的でも、嫌悪感が勝っていたらもっと本気で逃げている。

なのに自分は、好意に甘えて館にとどまって、獣医として働いていたときとはまったく違う気持ちで動物たちと触れ合うことができている。

毎日が楽しいのに、楽しくない。毎晩、自室でひとりになって、ため息をつく。夜毎《よごと》、深くなるため息だ。

――ウォルフさん、早く帰ってこないかな……。

仔犬たちの体温に包まれて、気づけば眠りに落ちていた。暖かな陽射しと連日の寝不足とが、佑季に睡眠を促していたのだ。

仔犬たちと戯れているうちに寝入ってしまった佑季と、白い毛玉五つが陽だまりで微笑ましい様子にあるのを、ハンドラーのひとりとアマンダが見つけたが、いずれも目を細めただけで、そっと足音を忍ばせて、その場を離れた。

昼寝にはうってつけの陽気だったし、頃合いを見て、誰かが起こすか、あるいはウォルフの帰宅を待てばいいと考えたのだ。

ぐっすり寝入ってしまった佑季が目を覚ましたのは、すっかりランチを過ぎてしまった時間になってから。実はレーマンがランチの時間だと呼びにきたのだが、佑季があまりに気持ちよさそうに寝ていたため、起こすのがしのびなくて、そっと踵《きびす》を返したのだ。

空腹を覚えれば起きるだろうし、一食抜いたところで死ぬわけではない。食事より睡眠のほうが必要なときもある。

そう判断してのことだった。

そしてそのとき、レーマンもハンドラーとアマンダ同様に、佑季の周囲に白い毛玉が五つ、丸くなって爆睡しているのを確認していた。

だというのに、佑季が目を覚ましたとき、佑季の腹の上で寝ていたはずの赤いリボンの仔が、消えていた。


重さに耐えかねて、寝ぼけた自分が腹の上の仔犬を無意識のうちに退けたのかと周囲を確認しても姿がない。

「うそ……」

一匹いない。

全身の血が下がるのを感じた。

慌てて周辺を探したが見つからない。仔犬が自力で戻るには、犬舎までは距離がある。

ひとまず四匹を抱えて犬舎に駆け戻り、常駐のハンドラーに事情を説明して、仔犬が戻っていないことを確認した。

「僕、探してきます！」

「佑季さん!?」

ハンドラーの制止も聞かず、佑季は犬舎を飛び出した。

「手分けして探そう！」

「誰か、旦那さまに連絡を！」

ハンドラーたちのやりとりがかろうじて鼓膜に届いた。

犬たちの吠え声。

それが自分を責めているように感じられて、背後を振り返れなかった。

自分が目を離したせいだ。館の裏手には深い森が広がっている。カラスや猛禽《もうきん》に襲われたら、まだ幼い仔犬に生きる道はない。

――どうしよう……っ。

どうして居眠りなんて……っ。

泣く暇があったら探せ、と胸中で己に言い聞かせて、佑季は広大なリンザー家の敷地を走る。

「Rot《赤色》ちゃん!? どこにいるの!?」

まだ、名前のない仔犬を必死に呼びながら、佑季は懸命に駆けた。

潜在意識で恐怖を覚えていた森が暗い色を帯びはじめても気づかずに、白くてふわふわの仔犬の姿を求めて、気づけば森に足を踏み込んでいた。

犬舎にも館にもドッグランにも姿がないならば、あとはもう森に迷い込んだとしか思えなかったからだ。

いつの間にか、陽が傾いていた。

人の生活圏のすぐ傍にあったとしても、自然の森だ。どんな危険があるかしれない。最悪の事態を想像して、ゾッと身が竦む。

とたん、森の瞑《くら》さが、どっと押し寄せた気がした。

――……っ!?

フラッシュバック。

佑季の内に潜む恐怖の記憶が、冷静な思考を奪う。

薄暗い森、獣の気配、鳴き声、冷たい雨とおぞましい雷光、森の木を焼く落雷の恐ろしさ。

木々の葉を雨粒が叩《たた》く音が魔物の咆哮《ほうこう》に聞こえた。

雷光が天を切り裂く光景がこの世の終わりに思えた。

寒くて寒くて、身体が動かなくなった。もう二度と、父にも母にも会えないのだと絶望した。

目が溶けるほどに泣いて、挙句、大丈夫、もう怖くないと、抱きしめてくれる腕がないことに気づかされた。

五歳の子どもには耐えがたい、恐怖の記憶だ。

「――――…………っ!!」

記憶の奥底に押し込めたはずの恐怖が、固く閉ざされていた精神の扉を破って、突然に襲いくる。

声にならない悲鳴が迸《ほとばし》った。

――たすけ…て……。

足が竦んで動けなくなった。黒に染まりはじめた森の上に、さらに暗い色に塗り込めようとする真っ黒な雲の存在。

ややして、ポツリ……ポツリ……と、冷たい雫《しずく》が天から落ちはじめる。

昼間、陽が出ているうちはあんなに暖かかったのに……それが嘘《うそ》のような冷たい雨が落ちはじめて、深い森は自然の脅威という名の闇《くら》い色を帯びる。

二十年前と、同じ色だった。


帰途につく車に乗り込もうとするタイミングで報告を受けたウォルフは、自らステアリングを握り、アクセルを限界まで踏み込んだ。

「犬を放て」

公道をサーキット並みのスピードで走り抜けながら、車に装備されたハンズフリー機能でウォルフが命じたのはそのひと言だった。

エルマーとレオニーが後部シートにいる限り、捜索隊の能力には限界があるが、自分と二頭が戻るまでの間、何もしないよりはマシだ。

佑季が、目を離した隙にいなくなったと青くなって報告してきた仔犬は、すでに発見されている。

納屋に入り込んで、片隅で寝入っていたらしい。

仔犬発見の報と前後して、佑季が消えた。仔犬への影響を考えたのか、携帯端末は自室に置きっぱなしになっているのをレーマンが確認している。連絡をつける方法もＧＰＳで位置情報を利用することもできない。

佑季は、自分の置かれた状況を正しく判断することが充分に可能な大人だ。

しかも、潜在意識下で、森を恐れていた。その佑季が仔犬の捜索のためとはいえ自ら森に入り込んで前後左右の方向感覚を失う自体に陥ったのだとすれば、それは、何かしら不測の事態が起きたことを意味する。

なぜこんな日に限って、自分は館を不在にしたのか。

なぜ、せめてエルマーを置いてこなかったのか。最初に、佑季を守れとエルマーに命じたのは自分なのに。

「佑季……」

森で迷ったのなら、せめて動かずじっとしていてくれたら……。

昼間暖かかったから、薄着でいる可能性もある。館に近づくにつれ、フロントガラスを叩く雨脚が強まるのを、ウォルフは忌々しく見やる。

体温を奪われたら、人の肉体は思いがけず早い段階で生命的危機に陥る。

二十年前と同じように。

氷のように冷たかった小さな手にしがみつかれたときのショックは、少年だったウォルフの記憶に鮮烈に刻まれている。

正門はぐくらず、館の裏手に広がる農園側から最短ルートで犬舎の傍に車をスピンさせた。一旦車を降りて通用門を開けるのももどかしく、スピードに乗せて門を突き破ったために、バンパーが派手に曲がっていて、強引に停車させた車から降り立つウォルフを迎えたハンドラーは目を丸くしたが、レーマンは何も言わず、佑季の着ていたパーカーを差し出してきた。

「頼むぞ、エルマー、レオニー」

二十年前のように、今度も佑季を見つけてくれ……と、祈る気持ちで二匹に佑季の匂いを覚えさせる。

「この雨では、足跡追跡は……」

匂いを追うのは不可能だと、ハンドラーが止める。

事実、森に放った犬たちも成果を上げられず、一度戻ってきているという。

「捜索を再開する」

今度は、エルマーがいる。犬たちにとって真のアルファリーダーである自分もいる。

「森へ入られるのですか⁉」

おやめくださいとハンドラーが止めようとするのを、ウォルフは「構うな」と振り払った。

レーマンは何も言わない。代わりに、トレンチコートを肩にかけてくれる。トレンチコートは、そもそもは寒冷地で防水型の軍用コートが求められたことから生まれたものだ。理にかなっている。

「アマンダに、温かいスープを頼むと伝えてくれ」

ウォルフの言葉に、レーマンが頷いて「自慢のカートッフェルズッペをつくると申しておりました」と返す。

カートッフェルズッペは、ドイツ全域で食べられるジャガイモのスープだ。アマンダの得意料理のひとつでもある。

「かならず佑季を連れて戻る」

雨脚がますます強くなる。二次災害を避けるために、自分と犬たち以外は森に入らないように命じる。ハンドラーたちは森に通じていない。

「お部屋を温めて、お待ちしております」

お気をつけて、と見送るレーマンに頷いて、森に視線を投げる。足元には、コマンドを待つエルマーとレオニー。

「Such《捜せ》!」

ウォルフのコマンドを受けて、二頭が勢いよく駆け出す。ウォルフはそのあとを追った。犬たちの首輪にはGPSがついている。見失うことはない。

自分以上に、この森に詳しい者はいない。

ウォルフは少年のころから、この森を駆けずり回って育ったのだ。

二十年前のあの日、幼い佑季を最初に見つけたのもウォルフだった、犬ではない。自分が、佑季を見つけたのだ。


気づいたら、来た方向がわからなくなっていた。

自分の精神状態がおかしい自覚はあった。自覚はあっても、制御できるわけではない。

ふつふつと湧く恐怖心に突き動かされて、佑季は暗い森を彷徨《さまよ》った。

途中で雨が降りはじめて、黒い雷雲が森の上空を覆っていることに気づいた。それが背筋をそそけ立たせて、佑季はおぞましい雷鳴を聞くのが怖くて、両手で耳を塞いだ。

雲のなかできらめく雷光が、美しいのに怖くてたまらない。

叩きつけるように降る雨の冷たさを感じる余裕すらないほどに、ただひたすらに怖かった。

森の木々や下草を打つ雨音は、森を棲家《すみか》とする野生動物たちの気配を感じさせ、いかな動物好きの佑季といえども襲われる恐怖を覚えないわけがない。

赤色リボンの仔はどこへ行ってしまったのか。ふと我に返って目的を思い出す瞬間があるものの、すぐに別のものに意識を取られ、より深い恐怖に引きずり込まれる。

そんな光景は目にしていないはずなのに、落雷が森を焼く光景が瞼にちらつく。天を覆い尽くすかのように枝葉を広げる森の木々が、化け物になって襲いかかってくるイメージも。

ずっと雨に濡れていたら、身体が冷えて低体温症を引き起こす危険がある。森を彷徨って、巨木の根元に、どうにか雨をしのげそうな場所を見つけた。落ちてくる雨粒が多少少ないというだけだが、それでもまともに濡れるよりはマシだ。

膝を抱えて、縮こまっていると、視線が低くなったためだろうか、より森のおぞましさが先に立つ気がして、佑季はぎゅっと目を瞑った。

瞼の裏に、目にしていないはずの情景が映し出される。

今よりずっと樹木の背が高く、覆う影が濃い。冷たい雨が身体を芯まで冷やしている。視界が歪んでいる。泣いているのだろうか。

こわいよ……。

寒いよ……。

たすけて、お兄ちゃん……！

実際に聞いたものではないはずの幼い声が聞こえる気がする。

――お兄ちゃん……？

誰を呼んでいる？

この幼子は、誰に救いを求めている？

自分は、誰に救いを求めたらいい？

——ウォルフ……。

頼れる存在などほかにない。でも、もう二度と会えないかもしれない。

帰る方向がわからない。冷たい雨に濡れて身体が動かない。夢か現《うつつ》かわからない情景がちらつくのはきっと、低体温症で意識が朦朧としはじめているからに違いない。

幻覚にしては鮮やかすぎるようにも思える瞼の裏に浮かぶ情景。暗い森のイメージが、今日の前に広がる情景と重なる。

——ここ…は……。

自分はこの森を知っている。

この恐怖の記憶は、自分自身のものだ。

大樹に身を寄せ、自分の手で自身を抱いて、身を縮こまらせる。

寒い、怖い、意識が途切れそうになる。

——ウォルフ……ウォルフ……っ。

もう一度、ウォルフの綺麗な顔が見たかった。やさしい声に呼ばれたかった。戯れのキスも、ちょっと意地悪い笑みも、嫌じゃなかった。

どうしても邪魔をする常識に囚われて拒んだ一方で、最初の夜以来触れてもらえないのを寂しく思っていた。

自分が拒んだからだろうか、あるいはつまらなかったのだろうか。許嫁としての魅力に欠けたのか、そういう対象には見られないと思われたのだろうか。

悶々《もんもん》と考えた。

毎晩、ベッドに入ったあと、おやすみのキスが触れた場所に熱を感じながら、考えていた。

もっと触れてほしいと、たしかに思っていた。

——素直になればよかった。

このまま二度と会えないのなら、素直に嫌じゃないと言えばよかった。

驚いて、どうしていいかわからなくなって、だから逃げてしまっただけで、そのあとウォルフの真摯さを知って、ウォルフになら触れられてもいいと思うようになっていた。

でも、言えなかった。

最初に拒んでおいて……と思われるのではないか。冗談だったと言われたらどうしよう。そんなことばかり考えて。

老婦人の言葉が、決定打となって、佑季の口を重くした。

本気のわけがない、ちゃんと本物の許嫁がいると言われるかもしれない。いや、それがあたりまえなのだと……。そう思ったら、あやふやな感情を口にすることはできなくて……。

「ウォルフ……会いたい……」

掠れた声が音になって紡がれていた。

同時に、急速に意識が遠のく。

どういうわけか寒さも感じなくなって、眠くてたまらない。

もうダメなのかな……と、諦めが脳裏をよぎる。

雪山で遭難したときとか、寝ちゃダメだって、聞くし。映画やドラマで見聞きした情景を思いながら、意識が遠く白んでいく。

ふいに遠くから、獣の鳴き声が聞こえた気がした。

ずいぶん遠いそれが、徐々に近づいてくるように感じられて、寒さにやられるまえに狼に食われるのかと、淡々と思った。

「佑季……っ！」

おかしいな、幻聴？　ウォルフの声まで聞こえる。

獣の咆哮は、狼のものではなく、聞き慣れた――。

――エルマー……？

「佑季！　しっかりしろ！　目を開けるんだ！」

力強い腕に抱かれる感覚。

最後にいい夢が見れたような気がして、自分が微笑んでいるのがわかった。

「ウォル……」

懸命に名を呼んだつもりだったが、声になっていたのか、佑季にはわからない。直後に、今度こそ意識がブラックアウトしたためだ。

意識を失くす直前、重い瞼を押し上げようともがいて、うっすらと開いた視界に、綺麗な碧《あお》を見た気がした。

記憶にない厳しい色をたたえた碧眼。

「もう大丈夫だ」

低い声が鼓膜に届いた瞬間、安堵に包まれた気がした。そうして佑季は、意識を手放した。


ぴちゃん！　っと、軽やかな水音を遠くに聞いた。急速に意識が浮上する。

頬を撫でる温かな感触。……いや、全身が温かなものに包まれている。

「佑季？」

気遣うやさしい声が、すぐ近くから落とされる。

そして、肩にかけられる温かいもの。流れるそれが湯の感触であることに、重い瞼をゆっくりと押し上げ、けぶる湯気の向こうに金髪碧眼美丈夫を認めてようやく気づく。

数度の瞬き。

「ウォル…フ……」

喉が掠れて、うまく言葉が紡げない。だがウォルフは、わかっているというように微笑んで、佑季の肩をより強く抱き寄せた。

「顔色が戻ったな」

よかった、と佑季の乱れた髪を、そっと梳く。またぴちゃんっと、水音が立った。

「僕……」

「森で迷って、凍えていたんだ」

覚えているかい？　と訊かれて頷く。喉がつらいなら喋《しゃべ》る必要はない、頷くだけでいいと言われてそれに甘えた。

そしてようやく、自分の置かれた状況を把握する。

「あの…仔……」

赤いリボンの仔犬はどうなったのかと尋ねる。ウォルフは「大丈夫だ」と頷いてくれた。

「母犬と一緒だよ。怪我もしていない」

それを聞いて、安堵が全身を包む。

「よか……った」

じわり……と瞼の奥が熱くなって、佑季は「ごめんなさい」と掠れた声で詫びた。

「僕……が、目を離した…せい、で……」

自分を責める佑季に、ウォルフが首を横に振る。

「佑季のせいではない。きみの対処は間違ってはいなかった。ただひとつ、ひとりで森に入ったことを除いてね」

佑季の姿が見えないと連絡を受けたときには肝が冷えた、とウォルフの端整な眉間に深い皺が刻まれる。

「ごめんなさい。僕、また……」

「佑季?」

ウォルフの碧眼に怪訝な色がにじんだ。

「僕、またウォルフさんに助けてもらったんですね」

冷えた身体を包んだのは、大きな犬の毛ではなく、ウォルフの腕だった。二十年前も、そして今日も。

「思い出したのか？」

碧眼がゆるり……と見開かれる。

その奥に、どこかつらそうな色がよぎるのを見て、恐怖の体験を記憶の奥底に押し込めて蓋をしていた当人以上に、その事実を知る人にとってつらい記憶だったのだと気づく。

「僕、小さかったから……怖くて……大事なこと忘れてて……」

ごめんなさいと掠れた声で詫びる。ウォルフは、「忘れていてよかったんだ」と、気遣わしげに言った。

怖い記憶を呼び覚ます必要などなかった。少年の日の自分が幼い佑季を見つけたことなど、つらい記憶を思い出してしまうくらいなら、忘れていてよかったのだ、と……。

佑季はゆるり……と首を振る。

森で迷子になった記憶だけすっぽりと抜け落ちてしまうほどの恐怖体験だったとしても、それ以外の時間は楽しいことばかりだった。

少年の日のウォルフをお兄ちゃんと慕って、ついて歩いた自分。ウォルフは、幼い佑季を抱いて、絵本を読んでくれたり、犬たちとの触れ合い方を教えてくれたりした。

楽しくて楽しくて、だから自分はたしかに言ったのだ、祖父同士の交わした冗談のような許嫁の約束に爆笑する両親のまえで、「お兄ちゃんのお嫁さんになってあげる」と……。

何もわかっていない幼子の言葉に、両家の親は涙を流して笑っていたが、とうのウォルフが微妙な表情をしていたのを覚えている。

「覚えているよ。この可愛い子を、今すぐに自分だけのものにするにはどうしたらいいのかと、考えていたからね」

微妙な表情に見えたのはそのためだろうとウォルフが苦笑する。

祖父の交わした約束が、本気だろうと冗談だろうと、自分自身は本気にした。けれど、一連の騒動のあと佑季の記憶が抜けていることを聞かされて、自分の存在が恐怖の記憶と結びつくのではと、連絡を絶った。

佑季の姿が見えないと報告を聞いたときには、気まぐれに招待状を送ったことを後悔した。思い出してほしいと、今になって考えたことを後悔した。

真摯な声が紡ぐ吐露。

自分は忘れていたのに、ウォルフはずっと自分を覚えてくれていたのだ。そんなことに、鼓動が速まる。

「佑季が無事でよかった」

大きな手が頬を撫でる。

また水音が立って、ようやく佑季は置かれた状況に意識を向けた。

「……っ!?」

ぎょっと目を見開いたのは、視界がけぶっている理由に気づいたため。全身を包み込む温かなものは、ウォルフの腕と、それだけではなく――。

――お風呂……っ!?

広いバスタブのなかで、ウォルフの裸の胸に抱かれている。

意識が浮上しかけたときに、肩を流れるものを湯だと頭の片隅で理解してはいたが、状況までは認識していなかった。

「いい子にしてるんだ。溺《おぼ》れてしまう」

ぎょっとして身体を起こそうとしたら、強く肩を抱かれ、逞《たくま》しい胸に頬を寄せるような恰好で抱き寄せられる。

「冷えきっていて危険な状態だったんだ。ドクターがとにかく温めろというのでね」

こうするのが一番手っ取り早かったのだという。

「あ…りが、と…ございま、す……」

気づいたとたんに、バクバクと心臓がうるさく鳴りはじめた。

「何もしない。だから、もう少しだけこうしていよう」

身体の芯まで温まるように、こうしているだけだから、と言う。自分が最初に拒んだから。だから

ウォルフは、ただ治療しているだけだと、佑季を安心させようとしてくれているのだと理解した。

ウォルフの気持ちが冷めてしまっていたとしても、誤解だけは解いておきたいと思った。

いつもは上質なスーツの下に隠されている、思いがけず逞しい胸に頬を寄せて、佑季は一世一代の勇気を振り絞る。

あのまま死んでしまったら、きっと後悔していた。だから、ぐるぐると考えていたことを素直に吐露してしまおうと思ったのだ。

「もう……ダメ、です、か？」

腕を伸ばして、首にすがる。

「……？　佑季？」

どうしたのか？　と訝る声が耳朶をくすぐる。

「僕、つまんなかったかもしれませんけど、でも、もう一度チャンスがもらえるなら……うまくできたら、もう一度許嫁にしてもらえますか？」

耳元で、小さく息を呑む気配。

「嫌じゃ、ないです。びっくりして、それで……」

自分でもわかっていなかったけれど、嫌悪感はなかった。ただ驚いて、許容範囲をあっさり超えた事態に、どうしていいかわからなかっただけ。

「エルマーが、どうして特別な一頭か、わかるかい?」

「……え?」

「エルマーは、あの日、きみを見つけた犬の血統なんだよ」

今日も、エルマーの鼻に託したのだという。ハンドラーは、雨のなかの足跡追跡は無理だと言った。

だが、エルマーは見事、佑季の匂いを追った。

「エルマーにお礼言わなくちゃ」

そうだった。幼いあの日、自分を探し出してくれたのは、賢いジャーマン・シェパードを連れた金髪碧眼の少年だった。

「あ……」

逞しい腕が、佑季の痩身を抱き寄せる。湯が波立って、バスタブにたっぷりと張られていたそれが溢れる。

大人が十人は一緒に入れるだろう、ジャグジー機能も兼ね備えた大きなバスタブ。循環する湯は一定温度に保たれている。

ウォルフの碧眼の色味が変わった気がした。

大きな手が、佑季の頬を撫でる。

意識を取り戻したときにされた、気遣う仕種とは違う、たしかな情欲を感じさせる。

「いいのかい？」

自分が頷いたが最後、撤回はきかない言葉だと、低い声が確認を取ってくる。間近に見据える碧眼に吸い込まれそうだ。

コクリ、と頷いた。

ようやく温まった肌が震える。でも、逃げたいわけじゃない。

「つまらなかったら、ごめんなさい」

異性とも、たいした経験はないのだと、正直に口にした。ウォルフを楽しませる術など知らない。過去に付き合った彼女たちから、特別何かを言われたことはないけれど、でもいつもふられるのは自分だったから、きっとうまいわけでもなかったのだろうと思う。

「それは、素で言っているのか？」

ウォルフが、呆れたような、困ったような声で言う。眉間にはくっきりと刻まれた皺。

「……？　あの……」

怒らせたのかと思った。自分は何か、言ってはいけないことを言っただろうか。

「責任は取る」

だから、とウォルフが言葉を継ぐ。

「いかなる理由であっても婚約破棄は受け入れられない」

あとで後悔しても遅いと、甘い脅し。

どうして？　と、このとき佑季は思ったが、その意味は、このあと一晩をかけて教えられることになる。

「きみを、私のものにする」

碧眼によぎる、ギラリとした光。

背筋をゾクリ……と悪寒が突き抜ける。紳士なウォルフに似合わない、肉食猛獣のイメージが、佑季の脳裏をよぎった。

キスがこんなに気持ちいいものだなんて知らなかった。

美しい碧眼に魅入られている間に、視界が陰って、唇が熱いものに塞がれていた。

「……っ！　……んんっ！」

「ん……ふっ、……っ！」

後頭部を支えられる恰好で深く咬《か》み合わされて、佑季は瞬間目を瞠ったものの、すぐにウォルフの手管に流されて、瞳を潤ませる。

口腔《こうこう》内を舐《ねぶ》る舌の熱さと痺れるような感覚。深く浅く合わされ、呼吸すらままならなくなる。角度を変えて何度も口づけられるうち、心地好さに思考が痺れて、何も考えられなくなる。

湯のなかで、ウォルフの手が佑季の肌を撫でる。

しなやかな足を撫で上げ、やわらかな内腿の肌の感触をたしかめる。

足の付け根に辿り着いた大きな手が、濃厚な口づけに反応して兆したものを捉える。

「……っ！　あ……ダメ……っ」

慌てて制止しようとする手を軽く払われ、淫らな反応を見せる欲望に長く綺麗な指が絡みついた。

「や……ぁっ、……っ」

ここしばらく自分の手しか知らない欲望は顕著な反応を見せ、湯のなかでも先端からいやらしい蜜《みつ》を滴らせるのがわかった。

熱い吐息をこぼす唇を啄まれ、白い胸を荒い呼吸に喘がせる。

欲望に絡みつく指は、先端の括《くび》れを抉り、根元の双球を揉《も》んで、通り一遍の経験しか持たない佑季の肉体を、逃げ場のない快楽の淵に容赦なく追い込む。

向けられる視線は慈しみに満ちているのに、口づけは蕩けそうに熱いのに、無垢《むく》な肌の奥の欲望を暴こうとする手は容赦ないのだ。そのギャップが、佑季の肉体に、経験のない火を灯《とも》す。

「ダメ……手、離し、て……」

限界を感じてウォルフの手を外そうと手の甲を引っ掻くも許されない。

「私の手に出してごらん」

耳朶に熱っぽく唆されて、佑季はカッと全身に血が巡るのを感じた。

「いやだ、出ちゃ……っ、……っ！」

細腰を跳ねさせて、ウォルフの手に白濁を放ってしまう。

荒い呼吸に白い胸を喘がせ、ウォルフの広い胸にぐったりと痩身を預けた。

湯を汚してしまった罪悪感にかられる間もなく、湯から引き上げられる。揺るぎない腕に横抱きにされて、バスルームを出る。

佑季は細身だけれど決して小柄というわけではない。その佑季を軽々と抱き上げるウォルフの足どりに不安定さはない。民族の違いと言ってしまえばそれまでだが、同じ男として羨望を禁じ得ない。

それ以上に、陶然としてしまう。

一糸まとわぬ姿で、惜しげもなく逞しい裸体を晒すウォルフに抱かれている羞恥が、佑季の思考を焼いて、放ったばかりだというのに、また身体の奥が熱くなってくる。事実、佑季自身はゆるく頭をもたげて、もっと触ってほしいと訴えている。

それに気づいたウォルフが小さな笑みをこぼして、それがさらに佑季の羞恥を煽った。

移動した寝室は、ウォルフの自室のようだった。広く品のいい調度品でまとめられているが、華美さはなく、リラックスできる雰囲気だ。

見覚えがある気がして、きょとんと部屋を見やる。佑季の様子に小さく笑ったウォルフは、「覚えてないのかい？」と、耳朶に低い声を落とした。

「最初の夜のこと」

「……っ！」

あの夜、ウォルフに触られたのは、この部屋だった。翌朝自分の部屋で目覚めたから、記憶が曖昧だったのだ。

出会って数時間の相手にあんなことをするなんて……と、恨めしく思ったことも、もはやどうでもよくなっている。それ以上に、自分のことを忘れずにいてくれたのだと思ったら、それがとても嬉しい。

キングサイズ？　クーンサイズ？　佑季にはよくわからないけれど、とにかく大きなベッドの横に置かれたチェストの上に、フォトスタンドがひとつ飾られているのが、シンプルな室内でやけに目についた。

ベッドにそっと降ろされて、何気なくそれに目をやる。佑季は、え？　と目を瞠った。金髪碧眼の美少年の膝に抱かれた幼子が、満面の笑みで傍にお座りをするジャーマン・シェパードの耳を引っ張っている。大きな犬は、少々迷惑そうではあるものの、おとなしくされるがままになっている。

「これ……」

佑季の視線を追って、「きみの父上が撮影されたものだよ」と、ウォルフが教えてくれる。

親子にとっても、ドイツで過ごした休暇が楽しいものであったことがわかる一枚だ。そんな思い出まで、自分は忘れてしまっていたなんて……。帰国したら、父に詫びようと思った。母の墓前にも報告しなくては。

「この子はエルマーのおじいさんですか？」

「ひいおじいさんだよ」

毛色や顔立ちがエルマーにそっくりだ。

写真のなかの金髪碧眼美少年が、腕のなかではしゃぐ幼子のつむじにキスをしている。慈しむようなそれに目を止めていると、フォトスタンドがパタリと倒される。

「昔話はまた今度にしよう」

今はもっと大切なことがあると言われて、佑季はいくらか熱の引きはじめていた頬にカッと血を昇らせる。

勢いのままに身を任せてしまえばよかったのに、写真に目を留めたりするから。

どうしよう……と視線を彷徨わせていたら、大きな手に視界を塞がれる。どうしたのかと尋ねようと口を開いたタイミングで口づけられて、ふいうちに奥まで受け入れてしまう。

痺れる快感。

背筋を伝って下肢まで震わせるそれが、腰の奥に生まれた未知の感覚を知らしめる。

くたりと力の抜けた痩身がシーツに沈んで、口づけが解かれても、もうされるがままになっているよりほかない。

白い肌に所有の痕跡を刻もうとする唇が痛いほどの愛撫《あいぶ》を降らせ、熱い舌が薄い胸の上で存在を主張する胸の突起を捉える。

触れられてもいないのにぷっくりと起《た》ったそこを吸われて、ぎょっと目を見開いた。だが、下から見上げる碧眼とぶつかって、羞恥に耐えられず、シーツに身体を投げ出して目を逸らしてしまう。

片方を舌に舐られ、片方を指先に捏ねられて、ただの飾りでしかないと思っていた場所が、じくじくと疼《うず》くような快感を生みはじめる。

「いや…だ、そこ、ダメ……」

ウォルフの頭を退けようにも、それが許されるのかもわからず、ただ艶やかな光沢を放つ金糸に指を絡めるのみ。

先ほどバスルームで放ったばかりのはずなのに、胸をいじられる刺激に反応して、自身が浅ましく頭をもたげているのがわかる。

「も……や、痛…い……」

佑季が痛みを訴えると、胸への愛撫が解かれ、ウォルフの唇が下へと落ちる。胸から腹へ、局部へと……。

膝をわられ、太腿を開かれる。

ハッとしてシーツから背を浮かせた佑季の視界に見せつけるかのように、先端からしとどに蜜をこぼす佑季自身がウォルフの口腔に捕われた。

「――……っ！　ひ……ぁっ、あぁ……っ！」

ねっとりと熱い口腔に包まれ、きつく舌を絡められて、佑季は細腰を跳ね、悲鳴を上げる。

「あ……ぁっ、ダ…メ……そん、な……っ」

口淫がまったく未経験というわけではない。けれど、過去の経験などおままごとだったというよりほかない。ウォルフの手管は佑季の肉体を欲情に染め、理性を奪う。

根元まで咥えられ、きつく吸われたかと思えば、敏感な場所を舌先に抉られ、襲いくる喜悦に細腰が跳ねる。

「あ……ぁっ、出ちゃ……、……っ!?」

あと少しというところまで追い上げておきながら、唐突に解放され、さらには根元に長い指を絡められて、佑季は無意識にも咎めるように目を眇める。

だが、さらに大きく膝を破られ、ウォルフの視界に局部を晒すかのように大きく開かれて、ぎょっと目を瞠る。シーツから腰が浮いて、晒された場所に熱い滑りが触れた。

「――……っ!?」

今度こそ佑季は、反射的に暴れて抵抗しようとした。――が、赤子のように足を開かれ、大きな体《たい》躯《く》に上からのしかかられて、簡単に封じられてしまう。

「や……いや…ぁっ、……っ」

後孔を舐られ、その場所を蕩かすように唾液を注がれる。

その場所でつながることはわかっている。でも、知識で理解しているのと、己の肉体で経験するのとではまったく違う。

舌に舐られ蕩けた場所を、ウォルフの長い指が暴きはじめる。内部を探る感触に息が上がって、もはや濡れた唇からは荒い呼吸以外の何も紡がれない。

「――……っ! ひ……ぁっ! ……っ!」

内部を探る指が、佑季の感じる場所を探し当てる。佑季は悲鳴を上げ、内部に埋め込まれたウォルフの長い指をきつく締めつけた。

口淫によって高められていた欲望が弾けて、白濁が佑季の薄い腹を汚す。たっぷりといじられて赤くなった胸の突起にまで飛んで、淫靡《いんび》な光景をつくった。

「……っ、あ……ぁっ、んん……っ」

放埓の余韻に痩身がくねる。白い喉から甘い喘ぎが溢れる。

たった今、放ったばかりだというのに、肉体が物足りなさを訴えて、佑季は瞳を涙で潤ませた。

「ど……し、て……」

おかしい、自分はおかしくなってしまった。全部ウォルフのせいだと訴えるものの、その間もウォルフの長い指は佑季の内部で蠢き、余韻を長引かせる。戦慄く反応から、佑季の肉体がすっかり欲情に染まっていることなど、ウォルフにはお見通しだ。

「いい子だ、可愛いよ、佑季」

涙をにじませ震える瞼に、淡いキスが落とされる。子どもをあやすようなそれに、佑季が視線で不服を訴えると、ウォルフは苦笑して、唇に啄むキスを落とした。

「つらかったら、爪を立てなさい」

そう言って、佑季の腕を自分の首に回させる。

言われるままにウォルフにしがみついて、肌が密着する温かさにうっとりと瞼を落としたのもつかの間、先ほど指と舌とでたっぷりと蕩かされた場所に、熱く硬いものが押し当てられて、それがウォルフ自身だと、理解したときには一気に最奥《さいおう》まで貫かれたあとだった。

「――……っ！　ひ……ぁっ！　や――……っ！」

瞼の裏が赤く染まるような衝撃に背がしなり、反射的に広い背に爪を立てていた。

熱い情欲が一気に最奥までを犯し、佑季の肉体を暴く。

「ひ……ぁっ、ウォル……助け、て……っ」

無理……と泣いても、許されなかった。

佑季の内部が馴染むのを待って、ゆるり……とつながった場所を揺すられる。

「ひ……っ、あ……あんんっ！」

とたん、甘ったるい嬌声《きょうせい》が迸って、佑季は目を瞠った。自分が発したものとは、にわかに信じられなかったのだ。

ウォルフが目を細める。「いけない子だね」と、耳朶に甘い囁き。自分が何かいけないことをしたのだろうかと、佑季は瞳を潤ませる。

「はじめてなのに、こんなに感じて。誰に教わった？」

愉快そうに訊かれて、佑季は懸命に頭を振った。

「ウォルフ、だけ……ウォルフだけ……っ」

その言葉に満足げな笑みを浮かべて、ご褒美のキスが落とされる。

「じゃあ、うんと気持ちよくなろうか」

甘く囁いて、ウォルフが上体を起こす。広い背にすがれなくなって、寂しさを覚えた直後、ズンっと脳天まで突き抜けるような衝撃が痩身を襲った。

「――……っ！」

荒々しい突き上げに揺さ振られ、視界がガクガクと揺れる。

大きなものに内部の感じる場所を抉られて、経験のない喜悦が襲った。突かれ、揺さぶられるたび、甘く濡れた声が溢れる。

すでに二度も放ったはずなのに、またも自身が頭をもたげて、先端から透明な蜜を滴らせた。

「あ……ぁ、……んんっ！　や……っ、奥……熱……い……っ」

最奥を突かれて、白い喉から迸る嬌声。無意識にも、白い太腿をウォルフの腰に絡め、もっと激しく、もっと深くとねだるように手を伸ばす。

ウォルフの背を抱きたいのに許されず、代わりに自身の欲望を握らされた。

後孔をウォルフに犯されながら、自慰を観察されているかのような倒錯感。

あまりの羞恥に頭がおかしくなりそうだと思うものの、一度触れた手は離せない。それどころか、ウォルフに見せつけるかのように手を動かしてしまう。

腰の奥から湧き起こる未知の喜悦と、自慰を見られる倒錯から生まれる快感と。思考が肉欲に支配されて、目の前の快楽を追うことしかできなくされる。

「ウォルフ……ウォルフ……っ」

必死に手を伸ばしたら、ようやくウォルフの逞しい腕が佑季を抱きしめてくれた。

「ひ……ぁっ！　――……っ！」

最奥を抉る角度が変わって、予期せぬ頂《いただき》に追い上げられる。

「あ……ぁ……っ」

ビクビクと跳ねる腰を、ウォルフの大きな手が押さえ込んで、最奥に熱い放埓を叩きつけられた。

「……っ」

頭上から落ちる低い呻《うめ》きの艶っぽさ。

「佑季……佑季……、可愛いよ」

大丈夫かい？　と気遣いながら、顔中にキスを降らせてくる。佑季は懸命に頷いて、ただ必死に広い背にすがった。

激しすぎる快楽に意識を朦朧とさせながらも、「どうですか？」と問う。怪訝そうに瞬く碧眼の中心に、蕩けきって淫らな表情を晒す自分が映っている。

「僕、合格…です、か？」

最初の夜、自分の反応がつまらなかったから、あれっきり触れてもらえなかったのだと考えていた佑季にとっては、確かめずにいられない問いだった。

ウォルフはゆるり……と目を瞠って、それから眉間に皺を刻み、目を細める。

怒らせたのかと思った佑季は、「ごめんなさい」と詫びて、身体を離そうとした。その痩身を、ウォルフが抱き上げる。ウォルフの腰を跨《また》ぐ恰好で対面に抱き合う体勢だ。

ウォルフの綺麗な顔が間近にあって、佑季は見惚れる。いいな……と思った。この体勢は好きだ。

うっとりと見つめる佑季の頬を、ウォルフが撫でる。そして、「ひどいことはしたくなかったが……」

と前置いた。

「……？」

きょとんっと見やる佑季に、ウォルフは極上の笑みを向ける。なぜか背筋がぞくりとする笑みだ。

「二度とそんなことが言えないように、この身体にたっぷりと教えてあげよう」

うっそりと囁く低く甘い声。

跨いだ腰の下に感じる、熱い滾《たぎ》り。

「私がどれほど佑季を愛しているかを、ね」

直後、ズンっと突き抜ける衝撃。

先ほど放たれたものに濡れそぼつ場所を、下から一気に貫かれる。

「あぁ……っ！」

甘ったるい悲鳴を上げ、佑季は背を仰《の》け反《ぞ》らせる。広い背にすがって、爪を立てた。

下から突き上げられ、大きな手に腰骨を摑まれて揺すられる。

何度も頂をはぐらかされ、意識が朦朧とするほどに揺さぶられた。

佑季のなかでウォルフも限界を感じているはずなのに、執拗に責め立てられて、佑季は「もうむり」「ゆるして」と泣きじゃくる。ウォルフは「可愛いよ」とキスで涙を拭ってくれるものの、責める動きはゆるまない。

半ば意識を飛ばした状態で、ウォルフの腕のなか、頂に追い上げられる。

「Ich liebe dich sehr.《愛しているよ》」

耳朶に甘く囁かれる、最上級の愛の言葉。

けれど、次いで告げられた言葉の意味がわからない。

「Du bist mein Schatzt.《きみは私の宝物だ》」

――Schatzt……宝物？

尋ねたくて唇を戦慄かせるものの、もはや指一本動かすこともできない。

「Egal was kommt, ich werde dich nie verlassen.《何があってもきみを放さない》」

覚悟することだ……と、最後の呟く言葉だけが、佑季の鼓膜に届く。

――覚悟……？

その言葉の意味を理解するのは、翌日丸一日を、ウォルフにたっぷりと愛されて過ごしたあとのこと。

今はまだ、ウォルフの広い胸に抱かれて、温かな眠りに落ちるのみ。

佑季は、気づいていなかった。

ウォルフの寝室の窓に、カーテンは敷かれていなかった。

天井まである大きな窓の向こうには、佑季の部屋から見えるのと同じ暗い森の景色が広がっていたのだけれど、もはや恐怖を覚えることもなく、ウォルフの腕に抱かれてぐっすりと眠った。

きっともう、森は怖くない。

エピローグ

丸一日をウォルフのベッドで過ごし、もうダメ、もう無理、と何度も言わされて、腕枕で目覚めた二日目。

ずっと一緒にベッドにいて、何も知らなかった自分にあれこれ執拗に教え込んで、多くを語らずともご満悦だったはずのウォルフのどこに、こんな時間があったのか。

行為のあまりの激しさに佑季が意識を飛ばした隙に、睡眠時間を削っていたとしか思えないが、ともかく、ようやくベッドを降りることを許された日、昼過ぎになってどうにか起き上がることがかなった佑季を待ち受けていたのは、ウォルフが口にした「覚悟」という言葉の意味をいやというほど知らしめられる、ありえない状況だった。

重い身体にシーツを巻きつけていた佑季を抱き上げてバスルームに運び、丸一日かけて蕩かされた肉体の最奥にたっぷりと注がれた白濁を、長い指にかき出され、羞恥に泣きじゃくった。そのままバスルームの壁に押さえ込まれて、また啼《な》く羽目になり、今度こそ起き上がる気力もない状態でバスルームを出たら、今度はいつの間に用意したのか、嬉々《きき》としたアマンダの手によってジャストサイズの正装に着替えさせられてしまったのだ。

「まぁまぁ、よくお似合いですこと。お美しいですよ」

白を基調としたパーティースーツ。

鏡に映る自分は、先ほどまでの情事の余韻を色濃く残す艶っぽい顔をしていて、気恥ずかしくてしかたない。アマンダにもレーマンにも、絶対にバレている。

着飾らされて、いったい何事かと思っていたら、広大な城の、まだ足を踏み入れたことのなかった一角へ案内され、ようやく状況を把握する。

広いボールルームに集う人々。高い天井には豪奢なシャンデリア。白いクロスのかかったテーブルには背の高いグラスが並び、壁際やテラスなどに絶妙に配置された椅子やソファでおのおのくつろぐ人々も華やいだ恰好をしている。

老若男女幅広いが、ほぼ全員がドイツ人と思われる。驚いたのは、人々に交じって、エルマーを筆頭に犬たちも、そして城を自由に闊歩する猫たちも、この場にいることだ。

「おお！　主役の登場だ！」

誰かが声を上げた。わ……っ！　と歓声と拍手が起こる。

——え、え!?

案内してくれたレーマンに問う視線を向けても答えてくれない。

人々の向こうから、悠然と歩み寄ってくるウォルフに気づいて顔を向ける。思わず見惚れた。

ウォルフも正装をまとっていた。胸に飾られた一輪の深紅の薔薇が鮮やかだ。

「あの……これ……」

状況がわからなくて、佑季は目をぱちくりさせる。

「おいで。一族にきみを紹介しなくては」

「……え？」

一族？

一族って……。

——この人たち、リンザー家の……？

ウォルフを直系とするリンザー一族が、皆集まっているというのか？

佑季はとたん青くなった。この状況には、嫌な予感しかしない。なんといっても、この家の先々代は、チェスに孫の結婚相手を賭けるような人だ。

「お待たせして申し訳ない。紹介しよう。私の許嫁の浅羽佑季くんだ」

おお……っ！　と会場が沸く。

佑季は啞然呆然とウォルフに肩を抱かれているよりほかない。目を廻して倒れないだけでも褒めてほしい。

「先々代は賭けに勝っていたのか！」

誰かが愉快そうに言う。そんな話まで出回っているのかと、佑季は青くなった。

「ヤマトナデシコじゃないか！」

また誰かが茶化したように言う。

「大和撫子《やまとなでしこ》は、女性に使う言葉よ」

別の女性が指摘を返した。

「こんなに可愛いんだ！　問題ないさ！」

問題……ないの？

佑季は胸中で盛大に疑問符を飛ばす。

一族の当主が、同性を許嫁だと正式な場で発表しているのに？　どこからも異論は上がらないのか？

佑季は戸惑いに瞳を揺らし、ウォルフを見上げる。

「今朝、国際電話をかけたよ」

「……え？」

「きみの父上にも許可をいただいた」

「……」

佑季はもはや言葉もなく目を瞠るしかない。

いや、それ、絶対にわかってない。父は絶対に冗談だとしか思ってない。

佑季の父は、チェスの勝敗に生まれてもいない孫を賭けるような、少々常識の欠如した祖父の血を濃く受け継いでいる人だ。世間ずれしていなくて、おっとりした人だ。

せめて母が生きていてくれたら、何か言ってくれただろうに。父は絶対に状況を把握していない。

今も、ドイツで楽しくやっているんだなぁ……と満足げに、縁側で猫を撫でているに違いない。

「急だったが、婚約パーティーと聞いて、皆集まってくれた」

ウォルフの碧眼ににじむのが、確信犯的な色味であることに、佑季は気づいた。

「ウォルフ……」

いつの間にか呼び捨てるようになっていた愛しい名。

「日本に帰るときは、私も一緒に行こう。電話だけでは父上に失礼だからね」

婚姻届けを出して、ドイツに戻ってくればいいと言う。

この城で、この先もずっと、暮らすのだと……。

「ずっと？」

「ああ、ずっとだ」

ウォルフが力強く頷く。

「エルマーも？　レオニーも？」

「ああ」

「サミーも？」

ほかの猫たちも？

「もちろんだ」

ウォルフの腕が佑季の腰を抱いて、痩身は広い胸に捕われた。ボールルームのあちこちから、口笛や歓声が上がる。

「これを」と差し出されたのは、ウォルフの胸を飾っていた一輪の真っ赤な薔薇。

深紅の薔薇の花言葉なんて、世界共通、使い古されすぎている。でも、だからこそ、言葉にできないほどの歓喜に満たされる。

「Würdest du mich heiraten?」

ドイツ語での申し込みに、一瞬「え？」と瞳を瞬く。次いで、馴染んだ言葉が鼓膜に届いた。

「愛しているよ佑季、私と結婚してほしい」

ストレートすぎる求愛に、佑季は瞼の奥が熱くなるのを感じた。

ドイツでは同性婚が認められているかもしれないけれど日本は違うのだとか、ウォルフが日本に来

たら父はきっと卒倒してしまうだろうとか、ドイツで獣医をつづけるにはどうしたらいいんだろうかとか、ウォルフが佑季と婚約したと聞いたら、あの老婦人はなんと思うだろうかとか、いろんなことが脳裏を駆け巡るのに、ダメだった。佑季にはもう、返す言葉はひとつしかない。

「Ja《はい》」

たったそれだけ。短い言葉で、この先の人生を決めてしまう。でも絶対に後悔なんかしない。そう言いきれる、自信がある。

小さく鼻を鳴らす音がして、視線を落とすと、エルマーがお座りをしてふたりを見上げている。

「おまえも、祝福してくれるだろう？」

ウォルフの問いかけに、エルマーは「わふ！」と高く鳴いて答えた。

ボールルームが拍手と歓声に満たされる。

ドアの横で、涙ぐむアマンダにレーマンがハンカチを差し出している。

ようやく、集う人々の顔をしっかりと目に映す勇気を持てた。これだけの人の顔と名前を一致させるのは大変だと思いながら、向けられる笑みに、佑季も笑みを返す。

当主が言うから仕方なく、ではない、本当の祝福を向けられているのだと感じて、佑季は歓喜の涙を流した。

佑季の頬を濡らす涙を、ウォルフが口づけで拭う。

「瞼が腫れてしまうよ」

そう言われても、止まらないものは仕方ない。

周囲に囃《はや》し立てられて、佑季は自らウォルフの胸に身を任せる。長身に合わせるために爪先立って、自らキスをした。

手のなかの、一輪の深紅の薔薇への返答として。

「ふつつか者ですが、よろしくお願いいたします」

日本流の返答に、日本語がわからない面々は「なんだ？」「どういう意味？」と興味津々と耳を傾ける。日本語がわかるらしい一部から、揶揄の声が上がった。

「ich werde auf dich aufpassen」

この身を賭《と》して君を守ると、生涯ともに、と誓ってくれる。

衆人環視のなか、かまわず抱きしめられ、濃密な口づけにみまわれた。周囲の眼を気にしていられたのもわずかな間、佑季は広い背にすがって、情熱的な口づけに精いっぱい応えた。

ein halbes Jahr——半年後。

晴れ渡った空の下、旧市街の教会で、街の人々が見守るなか、佑季とウォルフの結婚式が盛大に行われた。

憲兵のように居並ぶ犬たちは圧巻だった。その端に、白い仔犬が並んでいたのはご愛敬だ。

バージンロードを息子と並んで歩くという、なかなかに得がたい体験をした父はというと、「佑季が幸せならそれでいいさ」と、佑季の当初の懸念を他所《よそ》に、呑気に笑っていた。本当は葛藤もあっただろうに、「佑季の人生は佑季のものだよ」と言ってくれたのだ。

「天国のママもおじいちゃんも、同じ気持ちだと思うよ」

すべての元凶はおじいちゃんだけど、とウォルフが日本にあいさつに来たときには笑っていた。

祝福のライスシャワーを降らせる人々のなかに、笑顔の老婦人とパートナーの盲導犬の姿を見つける。老婦人は、佑季の手を握って「お幸せにね」と言ってくれた。

ウォルフが、所有権を主張するかのように痩身を抱き上げ、口づける。

ウォルフの腕に抱かれた恰好で、佑季は青い空高くブーケを放った。

あとがき

こんにちは、妃川螢《ひめかわほたる》です。

拙作をお手にとっていただき、ありがとうございます。

今作は久しぶりにファンタジー要素のない、ハーレクイン的お話になりましたが、いかがでしたか？

佑季《ゆうき》の職業を獣医に決めた時点で、ウォルフの国籍はドイツがいいだろうと思っていたのですが、プロットを立てていたときにたまたま、ドイツで同性婚が法的に整備され、今秋から施行されるというニュースを目にして、ドイツ以外にない！　と決めました。

ドイツが動物愛護の先進国だということは以前から知っていたのですが、あらゆる面で進んだ国なのだなぁと、改めて感じた次第です。

今作で重要な役目を果たしてくれた賢いワンコたち。私は、自他ともに認める猫派ですが、でも大型犬には強い思い入れがあって、とくにシェパードは、幼少時から憧れの犬種です。犬を擬人化したら、シェパードが一番のイケメンだと信じて疑いません。

そのジャーマン・シェパードより、白毛の美しいスイス・シェパードのほうが大型だと聞いたときには、ＢＬ作家脳が刺激されて（笑）妙に萌えた記憶があります。

イラストを担当してくださいました金《かね》ひかる先生、お忙しいなか素敵なキャラをありがとうございました。

メインの佑季とウォルフはもちろん素敵なのですが、表紙にも描いていただいたワンコたちが……！　本当に可愛くて、目尻が下がります。それから、脇でいい味を出してくれている執事のレーマンも！

お忙しいとは思いますが、機会がありましたら、またご一緒させていただけたら嬉しいです。

妃川の今後の活動情報に関しては、ブログかツイッターをご参照ください。

http://himekawa.sblo.jp/

@HimekawaHotaru

ツイッターのほうが見やすいと言うお声があって、最近はツイッターメインに更新していますが、相変わらず使いこなせないままなので、コメント等に対して反応が鈍くてもご容赦ください。実はすっごく喜んでます。

皆様のお声だけが執筆の糧です。ご意見ご感想等、気軽にお聞かせいただけると嬉しいです。

それでは、また。どこかでお会いしましょう。

二〇一七年十月吉日　妃川螢

腹黒天使と堕天悪魔《はらぐろてんしとだてんあくま》

妃川 螢
イラスト：古澤エノ

本体価格 870 円+税

──ここは、魔族が暮らす悪魔界。その辺境の地に佇む館には、美貌の堕天使・ルシフェルが住んでいた。かつてルシフェルは絶対的な存在として天界を統べる熾天使長だったが、とある事情で自ら魔界に堕ち、現在は悪魔公爵として暮らしている。そんなルシフェルの元に、連日のように天界から招かれざる客がやって来る。それは、現・熾天使長であり、ルシフェルの盟友だったミカエルだ。ミカエルは「おまえに魔界が合っているとは思えん」と、執拗にルシフェルを天界に連れ戻そうとするが…？

リンクスロマンス大好評発売中

猫又の恩返し《ねこまたのおんがえし》

妃川 螢
イラスト：北沢きょう

本体価格870円+税

分を飼ってくれていたおじいさんのそばに、っといたいと思っていた猫の雪乃丞。しかし、る日おじいさんが倒れてしまい、どうにか助を呼ぼうと飛び出た雪乃丞は、車に轢かれてまう。その車に乗っていたのは、動物の言葉分かる獣医で、おじいさんは彼のおかげで一をとりとめた。それから12年の月日が流れ、乃丞は最期を看取ることができた。おじいさを看取るため、猫としての生と引き替えに猫になっていた雪乃丞は、かつて助けてくれた医者さんの元へ恩返しへ行くことに。人間のとなって医者の彼、爵也のところへと辿り着た雪乃丞だったが…。

ヤクザに嫁入り《やくざによめいり》

妃川 螢
イラスト：麻生 海

本体価格 870 円+税

警視庁刑事部捜査一課所属の新米刑事・遙風
唯一の身内である姉を事故でなくし、姉の双
の子供を引き取ることに。大変な双子の子育
に加え、多忙な刑事の仕事に追われる遙風は
とある民間保育園を見つける。そこは、夜中
で子供を預かってくれるとても便利な保育園
だった。しかし、実は、広域指定団体傘下の
駁組の関係者が経営する保育園だった。迷う
風だったが便利さに負けそのまま預けること
する。そんな中、烏駁組幹部の烏城と出会い
仕事柄付き合ってはダメだと思いながらも徐
に彼に惹かれていき…。

リンクスロマンス大好評発売中

豪華客船で血の誓約を《ごうかきゃくせんでちのせいやくを》

妃川 螢
イラスト：蓮川 愛

本体価格870円+税

厚生労働省に籍を置く麻薬取締官――通称：麻取の潜入捜査員である小城島麻人。捜査のため単独で豪華客船に船員として乗り込むことになった麻人は、かつて留学時代に関係を持ったクリスティアーノと船上で再会する。彼との出来事を引きずり、同性はもちろん異性ともまともな恋愛ができなくなっていた麻人だが、その瞬間、いまだに彼に恋をしていることに気づいてしまう。さらに、豪華客船のオーナーであるクリスティアーノ専属のバトラーにされ、かつてと同じように強引に抱かれ、身も心もクリスティアーノに翻弄される麻人だったが…!?

LYNX ROMANCE

小説原稿募集

リンクスロマンスではオリジナル作品の原稿を随時募集いたします。

募集作品

リンクスロマンスの読者を対象にした商業誌未発表のオリジナル作品。
（商業誌未発表のオリジナル作品であれば、同人誌・サイト発表作も受付可）

募集要項

＜応募資格＞

年齢・性別・プロ・アマ問いません。

＜原稿枚数＞

４５文字×１７行（１枚）の縦書き原稿、２００枚以上２４０枚以内。
※印刷形式は自由。ただしＡ４用紙を使用のこと。
※手書き、感熱紙不可。
※原稿には必ずノンブル（通し番号）を入れてください。

＜応募上の注意＞

◆原稿の１枚目には、作品のタイトル、ペンネーム、住所、氏名、年齢、電話番号、メールアドレス、投稿（掲載）歴を添付してください。
◆２枚目には、作品のあらすじ（４００字～８００字程度）を添付してください。
◆未完の作品（続きものなど）、他誌との二重投稿作品は受付不可です。
◆原稿は返却いたしませんので、必要な方はコピー等の控えをお取りください。
◆１作品につき、ひとつの封筒でご応募ください。

＜採用のお知らせ＞

◆採用の場合のみ、原稿到着後６カ月以内に編集部よりご連絡いたします。
◆優れた作品は、リンクスロマンスより発行させていただきます。
原稿料は、当社既定の印税でのお支払いになります。
◆選考に関するお電話やメールでのお問い合わせはご遠慮ください。

宛先

〒151-0051
東京都渋谷区千駄ヶ谷４−９−７
株式会社　幻冬舎コミックス
「リンクスロマンス　小説原稿募集」係

LYNX ROMANCE イラストレーター募集

リンクスロマンスでは、イラストレーターを随時募集いたします。

リンクスロマンスから任意の作品を選び、作品に合わせた
模写ではないオリジナルのイラスト（下記各1点以上）を描いてご応募ください。
モノクロイラストは、新書の挿絵箇所以外でも構いませんので、
好きなシーンを選んで描いてください。

1 表紙用 カラーイラスト

2 モノクロイラスト（人物全身・背景の入ったもの）

3 モノクロイラスト（人物アップ）

4 モノクロイラスト（キス・Hシーン）

募集要項

＜応募資格＞

年齢・性別・プロ・アマ問いません。

＜原稿のサイズおよび形式＞

◆Ａ４またはＢ４サイズの市販の原稿用紙を使用してください。
◆データ原稿の場合は、Photoshop（Ver.5.0 以降）形式でＣＤ－Ｒに保存し、出力見本をつけてご応募ください。

＜応募上の注意＞

◆応募イラストの元としたリンクスロマンスのタイトル、あなたの住所、氏名、ペンネーム、年齢、電話番号、メールアドレス、投稿歴、受賞歴を記載した紙を添付してください（書式自由）。
◆作品返却を希望する場合は、応募封筒の表に「返却希望」と明記し、返却希望先の住所・氏名を記入して返送分の切手を貼った返信用封筒を同封してください。

＜採用のお知らせ＞

◆採用の場合のみ、６カ月以内に編集部よりご連絡いたします。
◆選考に関するお電話やメールでのお問い合わせはご遠慮ください。

宛先

〒151-0051 東京都渋谷区千駄ヶ谷４－９－７
株式会社　幻冬舎コミックス
「リンクスロマンス　イラストレーター募集」係

この本を読んでのご意見・ご感想をお寄せ下さい。

〒151-0051
東京都渋谷区千駄ヶ谷4-9-7
(株)幻冬舎コミックス　リンクス編集部
「妃川《ひめかわ》 螢《ほたる》先生」係／「金《かね》ひかる先生」係

リンクス ロマンス

溺愛貴族の許嫁

2017年10月31日　第1刷発行

著者…………妃川《ひめかわ》 螢《ほたる》
発行人…………石原正康
発行元…………株式会社　幻冬舎コミックス
〒151-0051　東京都渋谷区千駄ヶ谷4-9-7
TEL 03-5411-6431（編集）
発売元…………株式会社　幻冬舎
〒151-0051　東京都渋谷区千駄ヶ谷4-9-7
TEL 03-5411-6222（営業）
振替00120-8-767643
印刷・製本所…株式会社　光邦
検印廃止

ISBN978-4-344-84090-4 C0293
Printed in Japan

幻冬舎コミックスホームページ　http://www.gentosha-comics.net

本作品はフィクションです。実在の人物・団体・事件などには関係ありません。